# 别笑！这是世说新语

### 01
### 名士品格

洋洋兔 编绘

U0752352

石油工业出版社

## 图书在版编目（CIP）数据

别笑！这是世说新语/洋洋兔编绘. -- 北京：石油工业出版社，2023.3

ISBN 978-7-5183-5762-8

Ⅰ.①别… Ⅱ.①洋… Ⅲ.①《世说新语》—青少年读物 Ⅳ.① I207.419-49

中国国家版本馆 CIP 数据核字 (2023) 第 006596 号

### 别笑！这是世说新语-01名士品格

洋洋兔 编绘

| | |
|---|---|
| 选题策划： | 王　昕　黄晓林 |
| 责任编辑： | 王　磊　王之源 |
| 责任校对： | 刘晓婷 |
| 出版发行： | 石油工业出版社 |
| | （北京安定门外安华里2区1号 100011） |
| 网　　址： | www.petropub.com |
| 编辑部： | (010)64523616　64252031 |
| 图书营销中心： | (010)64523731　64523633 |
| 经　　销： | 全国各地新华书店 |
| 印　　刷： | 河北朗祥印刷有限公司 |

2023年3月第1版　　2023年3月第1次印刷
710毫米×1000毫米　开本：1/16　印张：18.5
字数：260千字

定　　价：120.00元（全3册）
（图书出现印装质量问题，我社图书营销中心负责调换）
版权所有　翻印必究

# 文言文启蒙，就选《世说新语》

给孩子看的古文书籍，应该短小有趣富有哲理，深入浅出，读起来朗朗上口。南朝刘义庆写的志人小说集——《世说新语》最合适不过了。

志人小说是指记述人物的轶闻琐事、言谈举止的小说。《世说新语》主要记述的是发生在东汉末年到魏晋期间的人物故事。那是怎样一个时期呢？

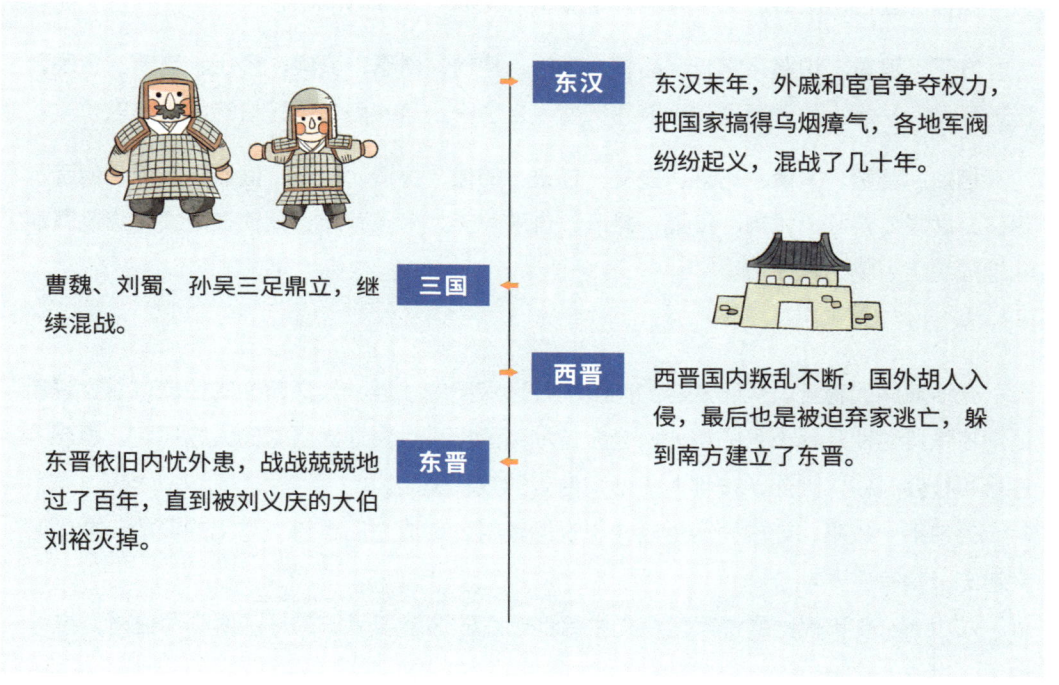

几百年的政局混乱、黑暗腐败中，敢站出来议论时政的文人纷纷被害，成为政治斗争中的牺牲品。

在这样极其险恶的时代背景下，名士们被迫回避残酷的现实，转而议论玄言佛理，寄情山水，放达任性，风流自赏，以此摆脱社会压力和精神苦闷。他们就是在《世说新语》中闪亮登场的主角团队。

上至帝王将相，下至隐士百姓，《世说新语》中涉及的人物共 1500 多个。不羁世俗的"竹林七贤"、从容雅量的谢安、任性旷达的的王羲之……他们代表的魏晋文人的精神，被称为"魏晋风度"或"魏晋风流"。

## 名士修炼手册

《世说新语》内容分为 36 个类别：

**德行、言语、政事、文学**等类，记载了大量忠孝仁爱的故事；

**方正、雅量、识鉴、赏誉、品藻、规箴、捷悟、夙惠、豪爽、容止、自新、企羡、伤逝**等类，从士人的才情理智、情感气度、言谈举止等方面褒扬魏晋的审美追求；

**栖逸、贤媛、术解、巧艺、宠礼、任诞、简傲、排调、轻诋、假谲、黜免、俭啬、汰侈、忿狷、谗险、尤悔、纰漏、惑溺、仇隙**等类，有褒有贬，即使在贬责中也饶有趣味地描绘出人物的真性情。

光洁清朗的容止、优雅从容的韵度、疏远深奥的才理、淡然超逸的性情，《世说新语》将魏晋时期几代士人的群像，全方位地刻画出来，展现出当时的人物风貌、思想、言行和社会风俗，因此，被称为一部"名士的教科书"。

书中不少故事，或成为后世戏曲小说的素材，或成为后世诗文常用的典故，在中国文学史上具有重要地位。

20 世纪 50 年代，翻译家傅雷先生给他远在欧洲学习音乐的儿子傅聪写信时，推荐他读《世说新语》。

## 作者刘义庆的真心话与大冒险

《世说新语》的主编刘义庆，出生于 403 年，是南北朝时期刘宋王朝开国皇帝刘裕的侄子。

这是我刘家的宝藏男孩！

刘裕非常赏识刘义庆，曾夸赞说"此我家之丰城也"，江西丰城曾出土干将、莫邪宝剑，丰城因此成为藏宝的代称。刘义庆的人生也仿佛开挂般，13岁受封为南郡公，15岁掌管国家图书馆，17岁当上副宰相。

然而，好景不长，刘裕去世后，几位皇子展开皇位争夺战，最终，刘义庆的堂弟刘义隆夺位，即宋文帝。宋文帝疑心病重，下手狠辣，杀害了很多拥位功臣和皇家宗室，刘义庆的处境也如履薄冰。

刘义庆不愿卷入皇室斗争，先后躲到荆州、江州一带当官。不少文人聚集在他门下，比如当时的名士袁淑、陆展、何长瑜、鲍照。据说宋文帝给刘义庆写信时，都要再三斟酌字句，生怕写得不好让刘义庆和他身边那帮文人笑话。

为了向宋文帝表明自己无心政治的真心，远离祸端，刘义庆搜集汉末到魏晋期间社会顶流的轶事趣谈，写成《世说新语》，表达自己只想学习魏晋名士自由潇洒、纵情山水的生活方式。

同样，在为现实而苦恼，遇到困难而失措无助时，在这场精神大冒险中，刘义庆也希望能够从文人的精神气质中，找到慰藉，获得应对困境的能力、平衡自我的旷达心态。

## 德 行

| | |
|---|---|
| 世间典范——陈仲举 | 1 |
| 古人的偶像崇拜 | 4 |
| 难兄难弟，都很优秀 | 8 |
| 拉黑朋友的新方式 | 11 |
| 出尔反尔，不是君子所为 | 14 |
| 善良是最好的护身符 | 17 |
| 你不敢借，是我的错 | 20 |
| 身无长物 | 23 |
| 救命锅巴 | 26 |

## 言 语

| | |
|---|---|
| 小时了了，用智商惊艳全场 | 30 |
| 覆巢之下无完卵 | 33 |
| 风景依旧，故土不再 | 36 |
| 以我之姓，冠彼之名 | 38 |
| 哭的不是树，是青春 | 40 |
| 拍马屁的艺术 | 43 |

# 目录

## 言 语

| | |
|---|---|
| 皇帝的治愈系秘方 | 45 |
| 人生下半场 | 47 |
| 养宠物的哲学 | 50 |
| 白雪纷纷像什么 | 52 |
| 山川之美 | 57 |

## 政 事

| | |
|---|---|
| 被偷的是鱼，得到的是民心 | 60 |
| 努力工作，是为了不用工作 | 63 |

## 文 学

| | |
|---|---|
| 君子成人之美 | 66 |
| 自知与超越 | 70 |
| 为什么会做梦 | 73 |
| 南北学问之别 | 76 |
| 《诗经》哪句最好 | 78 |
| 最难迈的步子 | 81 |
| 每一位妈妈都值得被看见 | 83 |
| 检验好文章的方法 | 85 |

# 世间典范——陈仲举

陈仲举言为士则，行为世范，登车揽辔，有澄清天下之志。为豫章太守，至，便问徐孺子所在，欲先看之。主簿白："群情欲府君先入廨。"陈曰："武王式商容之闾，席不暇暖。吾之礼贤，有何不可！"

**积累：**

**则**：准则。
**看**：拜访，看望。
**白**：禀告。
**群情**：太守府中僚属的意见。
**廨**：官署。
**式**：车前横木。
**闾**：里巷大门，指住处。
**席**：座席，古人席地而坐。
**暖**：温暖。

# 魏晋头条

## 豫章新任太守陈仲举竟刚到职就翘班追星！ 谣言

### 事件追踪

陈蕃(fán)，字仲举，东汉名臣。他家的庭院非常荒芜，却不扫除，为什么呢？

那时，陈仲举的言谈是读书人的准则，行为是世间的规范。

刚为官上任，陈仲举就有清明国家政治的志向。有一次，他担任豫章太守，刚到南昌，便问徐孺子住在哪里，打算先去探望他。

陈仲举：大丈夫当为国家扫天下。

你一个种地的，扫什么天下！

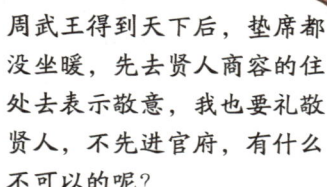

大家伙儿的意思，是请太守您先到官府安顿。

周武王得到天下后，垫席都没坐暖，先去贤人商容的住处去表示敬意，我也要礼敬贤人，不先进官府，有什么不可以的呢？

# 坊间小料

### 陈仲举的偶像商容是谁？

相传，商容是商纣王时期主掌礼乐的大臣。他不满纣王的暴虐，多次劝谏(jiàn)而被纣王废黜。武王伐纣之后，想请商容辅佐政事，但商容推辞不肯就任。于是，武王表彰商容所居的闾里，表示对忠臣贤者的尊敬。

### 陈仲举有多爱徐孺子？

徐孺子是东汉名士，淡泊明志。陈仲举虽然曾多次聘请徐孺子都被拒绝，但陈仲举依旧非常敬重他，还为徐孺子准备了一个专属床榻。徐孺子来访时，就把床榻放下来，徐孺子走了，就把床榻收起来。这就是"徐孺下陈蕃之榻"的典故。

## 记者述评

**网友：** 为什么陈仲举刚就任，不是到官府上班，而是到贤人住处拜访？为何这种行为能成为典范呢？

来自刘义庆老家  2333

**灿烂：** 因为治国之本在人才。执政者若有清明的志向以及求贤若渴的精神，贤才便愿意为国所用。执政者得到贤人的帮忙，人民才能安居乐业。

# 古人的偶像崇拜

李元礼风格秀整，高自标持，欲以天下名教是非为己任。后进之士有升其堂者，皆以为登龙门。

**积累：**

**风格**：风度。
**名教**：以正名定分为主的儒家礼教。
**后进之士**：后辈。
**升其堂**：登上厅堂。指问学于李元礼，受到他的接待。

## 今日简讯

李元礼风度出众，品行端正，心怀期许。他把向全天下推行儒家礼教、辨明是非观念看成自己的责任。后学的读书人，能够被接纳在他门下的，都被称为"登龙门"。

## 古之见闻录

### "登龙门"从何而来？

相传，龙门是大禹凿山治水时留下的遗迹，黄河流经这里时，倾泻而下，气势磅礴，波涛声像龙在怒吼。古人发现，每年三月这里会聚集一群鲤鱼逆行，到了龙门渡口后纷纷跳出水面。传说哪条鱼能跳过龙门，就能变成龙。

德行　5

# 魏晋头条

## 冤！李元礼因工作效率太高，被老板训斥！

**真相**

### 事件追踪

李膺(yīng)，字元礼。陈仲举说他聪明亮达，文武兼姿。

李膺做司隶校尉（监察官）的时候，惩治了大宦官张让的弟弟。张让到汉桓帝那儿告状，桓帝召来李膺。

别笑！这是世说新语

从此，宦官们干活时不敢出声，休假时也不敢再出宫。

## 难兄难弟,都很优秀

陈元方子长文,有**英才**,与季方子孝先各论其父**功德**,争之不能决。**咨**于太丘,太丘曰:"元方难为兄,季方难为弟。"

**积累:**

**英才**:卓越的才华。
**功德**:功业与德行。
**咨**:咨询,求证。

# 独家爆料

## 孙子争论谁的父亲更厉害，爷爷：我的儿，自然都优秀！

陈长文和陈孝先谈论起各自父亲的德行，居然一时间争执得无法决定高下。

陈长文：我父亲陈元方以德著称，在这方面比你父亲强！

陈孝先：才不是，我父亲陈季方最有德行，不信去问问咱们爷爷！

## 事件追踪

论起功德，元方难以算是哥哥，季方难以算是弟弟，难分高下啊！

德行

## 坊间小料

### 陈寔(shí)祖孙三代关系图

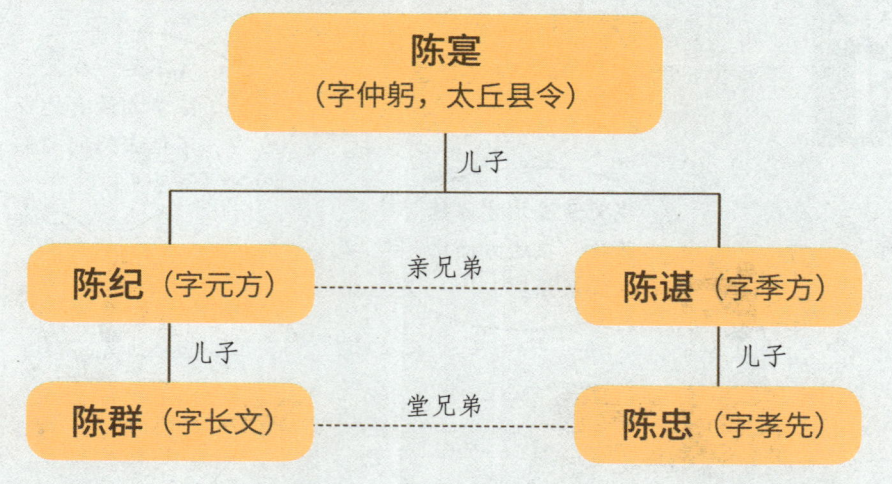

## 记者点评

"难兄难弟"本来是指兄弟俩人的才德都很好，难以分出高低。既然表示"难分高下"，所以"难"应读作 nán。但今天读音变成 nàn，用来形容同生死、共患难的好朋友。例如，当你的好朋友跟你一起同甘共苦时，你就可以说："咱俩真是难兄难弟！"

# 拉黑朋友的新方式

管宁、华歆共园中锄菜，见地有片金，管挥锄与瓦石不异，华捉而掷去之。又尝同席读书，有乘轩冕过门者，宁读如故，歆废书出看。宁割席分坐，曰："子非吾友也！"

**积累：**

**共**：一起。

**不异**：没有差别。

**捉**：拿起。

**掷**：扔掉，抛弃。

**席**：席子，古人就席而坐。

**轩冕**：轩，指高级别官员乘坐的车子；冕，古代帝王诸侯及卿大夫所戴的礼帽。这里的"轩冕"二字只取"轩"义，为偏义复词。

**如故**：依旧。

**废**：丢下，放下。

# 独家爆料

## 大写的无辜！被好友割席拉黑，华歆人品真的如此不堪？

**真相**

管宁、华歆一起在园子里翻土种菜，看见地上有一片金子，管宁挥动锄头继续工作，好像金子和瓦片、石块没有差别，华歆则是把金子捡起来丢掉。

他们又曾经坐在一张席子上共同读书，有位大官坐着豪华的马车从门前经过，管宁不为所动，依旧读书，华歆却放下书本出门观看。

事件追踪

## 官方辟谣

  管宁之所以和华歆割席绝交，只是因为两个人的志趣不同而已，如果就此判定谁正谁恶、谁是谁非，那就错了！

  管宁的志趣是安心读书，做个大学问家，对名利没有兴趣，所以在他看来，向往官场的华歆不是他真正的朋友。

  而华歆的志趣是治国平天下，他积极响应朝廷召唤为官，辅佐曹操、曹丕、曹睿三代，深受魏帝敬重。华歆后来拜相封侯，仍然坚持每月将朝廷下发的禄米用来接济他人，以至于自己家经常凑不齐十斗余粮。他还曾在退休前，不计前嫌力荐管宁接替自己的职位。

### 记者述评

**网友：** 不同志向的人真的不能当朋友吗？和对方不合的时候，真的只能绝交吗？

来自刘义庆老家　　　　　　　　　　　　　　　　　2333

**灿烂：** 管宁不贪金钱、不恋权势的君子之风值得我们学习，而华歆践行儒家"学而优则仕，仕而优则学"的出仕精神，表现出的另一种务实、仁德的君子之风，同样值得我们学习。

德行

# 出尔反尔，不是君子所为

华歆、王朗俱乘船避难，有一人欲依附，歆辄难之。朗曰："幸尚宽，何为不可？"后贼追至，王欲舍所携人。歆曰："本所以疑，正为此耳。既已纳其自托，宁可以急相弃邪？"遂携拯如初。世以此定华、王之优劣。

**积累：**

**避难**：这里指躲开汉魏之交的动乱。

**辄**：立刻，就。

**难**：拒绝。

**疑**：犹疑，困窘。

**纳其自托**：接纳他的托付，指同意让他搭船。

**宁**：难道。

**拯**：救助，帮助。

# 魏晋头条　救还是不救，这是个问题……

## 事件追踪

华歆、王朗俩人一起搭船避难。

突然有一个人出现。

后来有盗贼追上来……

原本之所以犹豫不决，就是因为担心这种状况。既然你已经答应他的请求，怎么可以因为事态紧急而舍弃他呢？

咱们找个地方停下，把刚上来的人放下吧。

你跑不了！

于是二人继续让他一起同行。世人以此来判定华歆、王朗品格的优劣。

## 记者述评

**网友：** 为什么世人会依据王朗、华歆俩人不同的反应，来评价他们的好坏呢？

来自刘义庆老家 　　　　　　　　　　　　　　　↗ 💬 👍 2333

**灿烂：** 华歆谨慎对待别人的请托，一旦接受，无论遇到怎样危急的情况都不相弃，表明他重信重义。王朗乐于做好事，在不危及自身的情况下，能够与人方便；但在面临危难时，却出尔反尔，这样的人有始无终，不能共患难，不值得信赖。

# 善良是最好的护身符

顾荣在洛阳，尝应人请，觉行炙人有欲炙之色，因辍己施焉。同坐嗤之。荣曰："岂有终日执之，而不知其味者乎？"后遭乱渡江，每经危急，常有一人左右己。问其所以，乃受炙人也。

**积累：**

**行炙人**：端送烤肉的仆人。炙：烤肉。

**欲炙**：想吃烤肉。

**因**：于是，就。

**辍**：停下来不吃。

**施**：让与，赠送。

**嗤**：嘲笑。

**左右**：身边的人，这里用做动词，指身边人的帮助。

**所以**：缘故。

# 独家爆料

## 自带主角光环？顾荣为何多次遇险，总有神秘人相助？

**真相**

### 事件追踪

别笑！这是世说新语

后来顾荣遭逢战乱，过江避难，每次遇到危急的时刻，常有一人帮助自己。

# 古之见闻录

## 善良真的有善报！

淮阴孤儿韩信靠在淮河边钓鱼为生，经常因为钓不到鱼而挨饿。一个漂洗丝絮的老大娘见他可怜，就把自己的饭分一半给他吃，连续供应了几十天。

后来，韩信帮助刘邦打下大汉江山，被封为楚王，特地找到当年救济他的大娘，送她一千金酬(chóu)谢。

## 你不敢借，是我的错

阮光禄在剡，曾有好车，借者无不皆给。有人葬母，意欲借而不敢言，阮后闻之，叹曰："吾有车，而使人不敢借，何以车为？"遂焚之。

**积累：**

**阮光禄**：阮裕(yù)，字思旷，陈留尉氏（今属河南）人。因曾被征召为金紫光禄大夫，故称。

**剡**：县名，在今浙江嵊(shèng)州。

## 魏晋头条　有钱任性，阮裕一言不合竟当众烧豪车！ 谣言

### 事件追踪

阮光禄在剡县的时候，曾有一辆好车，只要有人想借用，都会借给他。

### 记者述评

 **灿烂：** 在古代，车子是身份和地位的象征，然而对阮裕而言，车子最大的功能就是载运，再华丽的车子也不应当藏在家中，而是应该发挥它的作用。

# 身无长物

王恭从会稽还,王大看之。见其坐六尺簟,因语恭:"卿东来,故应有此物,可以一领及我。"恭无言。大去后,即举所坐者送之。既无余席,便坐荐上。后大闻之,甚惊曰:"吾本谓卿多,故求耳。"对曰:"丈人不悉恭,恭作人无长物。"

**积累:**

**簟**:竹席。

**因**:于是,就。

**卿**:六朝时,长辈称晚辈,或同辈熟人间的称呼。

**东来**:从东边来。

**故**:所以。

**可以**:"可"是可以,"以"是拿。

**一领**:量词,一领席子。

**及我**:给我。

**荐**:草垫子。

**丈人**:古时对老年男子的尊称。

**长物**:多余的东西。

# 独家爆料 家里就一张席子也要拿，传说的塑料兄弟？

**谣言**

### 事件追踪 🎥 HD

王恭从会稽回来后，王大去看望他，看见他坐在一张六尺长的竹席子上……

王大：你从东边回来，应该还有这种东西，可以拿一张给我。

王恭：好吧……

王大走后，王恭就把所坐的那张竹席送给王大。

 大人，您没有多余的竹席，那您坐哪儿呢？

 这不是有草席？

后来王大听说这件事，很吃惊。

 我原来以为你有多余的竹席，所以才问你要呢！

 您老人家不了解我为人清简，家中没有多余的东西。

别笑！这是世说新语

# 坊间小料

## 因劝酒差点引发的群架

一次，王大和王恭一起去何澄家做客。到了即将分别的时候，王大劝王恭喝酒，王恭不肯喝，王大就强迫他喝，俩人竟因此争执起来，直到各自用裙带绕手，将要动武了。

王恭家中有近千人，全都叫来何澄家中；王大的随从虽然少，也叫他们来。眼看要打起来，何澄慌忙解围，在俩人中间坐着，才把俩人分开。

## 即使分手，依旧想你

王恭和王大因为误会，友情破裂。后来王恭每当与人交谈，兴致盎然之际总是不自觉想到王大，以及二人之前相谈甚欢的场景。

一日，王恭在路边散步，当时正值晨光熹(xī)微，露水晶莹，柳树探出新芽，分外可爱。王恭见此美景，又想起了王大，感慨道："王大故自濯(zhuó)濯。"

王大的确是清新脱俗啊！

德行 25

# 救命锅巴

吴郡陈遗,家至孝。母好食铛底焦饭,遗作郡主簿,恒装一囊,每煮食,辄贮录焦饭,归以遗母。后值孙恩贼出吴郡,袁府君即日便征。遗已聚敛得数斗焦饭,未展归家,遂带以从军。战于沪渎,败,军人溃散,逃走山泽,皆多饥死,遗独以焦饭得活。时人以为纯孝之报也。

**积累:**

**铛**:平底浅锅。

**贮录**:贮藏。

**未展**:未及,来不及。

**沪渎**:水名。

# 独家爆料

## 他是战场上唯一的幸存者，有实力还是另有隐情？

**真相**

吴郡人陈遗在家里非常孝顺。他母亲喜欢吃锅底的锅巴。

陈遗在郡里担任主簿工作时，常带一个口袋，每逢煮饭，总是把锅巴装起来，带回家给母亲吃。

## 事件追踪

德行 27

后来遇上孙恩在吴郡叛乱,内史袁山松马上要率兵征讨。这时陈遗存了几斗锅巴,还来不及回家,便带着随军出征。

双方在沪渎开战,袁山松战败,军队溃散,都逃到山林沼泽中,很多人饿死了,唯独陈遗靠着锅巴活了下来。当时人们都认为这是他纯厚孝心的好报。

## 坊间小料

### 吕布竟然是文官出道？

陈遗任职的主簿是个什么官呢？主簿官职始于汉朝，主管文书簿籍和印鉴，即起草一些文件，管理档案以及各种印章等，大致相当于现在的秘书。因此陈遗在当时品级较低，工资不高，只是一个九品芝麻官。

"人中吕布，马中赤兔"的主人公吕布首次登上汉末纷争的舞台，就是任并州刺史的主簿。

### 这锅巴，皇帝都馋！

锅巴又叫米锅巴，是煮饭时粘在锅底的焦层，通常由大米、黄豆、小米等谷物制成，口感松脆。相传，清朝乾隆皇帝微服私访下江南，路过湖州的一家茶食店，看到色泽金黄、香味扑鼻的芝麻锅巴，食趣盎然，就点上一盘品尝，吃后赞不绝口。

# 小时了了，用智商惊艳全场

孔文举年十岁，随父到洛。时李元礼有盛名，为司隶校尉，诣门者，皆俊才清称及中表亲戚乃通。文举至门，谓吏曰："我是李府君亲。"既通，前坐。元礼问曰："君与仆有何亲？"对曰："昔先君仲尼与君先人伯阳有师资之尊，是仆与君奕世为通好也。"元礼及宾客莫不奇之。太中大夫陈韪后至，人以其语语之。韪曰："小时了了，大未必佳。"文举曰："想君小时，必当了了。"韪大踧踖。

**积累：**

**司隶校尉**：官名。
**诣**：到。
**清称**：声誉清高的人。
**府君**：对太守的敬称。
**仆**：谦称自己。
**先君仲尼**：孔融是孔子二十世孙，故称。
**师资之尊**：孔子曾问礼于老子，所以老子是孔子的老师。
**奕世**：累世，一代接一代。
**太中大夫**：官名，主管议论政事。
**了了**：聪明伶俐，明白事理。
**踧踖**：局促不安的样子。

# 魏晋头条：孔融成长记，十岁就把大人怼得哑口无言！

## 事件追踪

孔文举十岁时，跟随父亲到了洛阳。

当时李元礼有很大的名气，担任司隶校尉一职。去他家拜访的，都是才智出众、声誉清高的人，以及家族中的亲戚，只有他们才能被通报，得到进门的机会。

言语

通报之后，孔文举进去在主人面前坐下。

李元礼和其他宾客都感到孔文举不寻常。太中大夫陈韪后来也到了，其他人把孔文举说的话告诉他。

## 覆巢之下无完卵

孔融被收，中外惶怖。时融儿大者九岁，小者八岁，二儿故琢钉戏，了无遽容。融谓使者曰："冀罪止于身，二儿可得全不？"儿徐进曰："大人岂见覆巢之下，复有完卵乎？"寻亦收至。

**积累：**

**收**：逮捕。

**中外**：指朝廷内外。

**琢钉戏**：古时一种儿童游戏。

**了**：完全。

**遽**：惊慌。

**冀**：希望。

**止**：仅，只。

**全**：保全。

**徐**：不慌不忙地。

**大人**：对父亲的敬称。

**覆巢**：倒塌的鸟巢。

**完卵**：完整的鸟蛋。

**寻**：不久。

# 独家爆料 曹操还是对孔融下手了，连小孩都不放过！

**真相**

### 事件追踪 HD

孔融被逮捕，朝廷内外都感到惊慌恐怖。但当时孔融的两个儿子，大的九岁，小的八岁，照样玩着琢钉游戏，完全没有害怕的神色。

希望罪只加在我的身上，可否保全两个孩子的性命呢？

父亲难道见过打翻的鸟巢之下，还有完整的蛋吗？

不久，两个孩子也被抓走了。

## 持续追踪

**深扒孔融遇害真相，以孝闻名的孔融竟被曹操以不孝的罪名杀害！**

说起孔融，相信大家都听过他四岁就给哥哥让梨的故事，小孔融也一战成名，凭借着礼让知孝的品德，成为教科书里的明星人物。

然而，孔融以孝闻名，却最终被曹操以"不孝"的罪名处死。为什么呢？

曹操在"挟天子以令诸侯"初期，为了广纳人才，收编孔融到幕僚(liáo)阵营当中。一开始，孔融积极参与朝政，后来他发现曹操并不是真正地尊重天子，与他尊崇的儒家忠于君主的思想格格不入。孔融生性正直，多次用言辞嘲讽曹操，让曹操很不满，动了杀心。

不过，孔融作为魏晋名士榜的老大，有很高的名望，曹操想杀他就得找个合理的借口。根据弹劾(hé)孔融的文书，曹操杀孔融的罪名主要有：第一，说曹家坏话；第二，不孝，不尊重父母。

## 孔融真的不孝吗？

《后汉书》记载，在孔融十三岁时，父亲孔宙去世，孔融因悲痛过度，需要人扶着才能站起来，州里因而称赞他的孝行。

孔融的兄长孔褒(bāo)有位好朋友张俭，因揭露宦官的罪行而被官府通缉，张俭来投奔孔褒，恰巧孔褒不在家，孔融在询问事情经过后，就擅自把张俭藏在了家里。官府知道后，孔融却独自揽下罪行，说："藏人的是我，放人的也是我，要杀就杀我。"最后孔融活了下来，其忠孝仁义被人称赞。

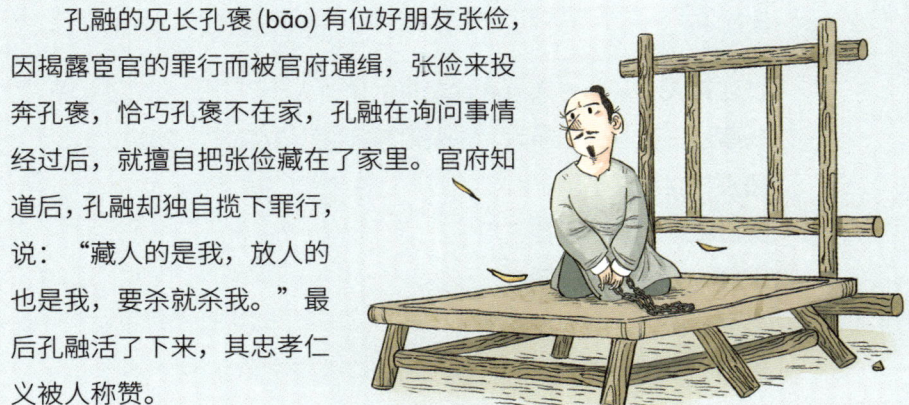

## 风景依旧，故土不再

过江诸人，每至美日，辄相邀新亭，藉卉饮宴。周侯坐而叹曰："风景不殊，正自有山河之异！"皆相视流泪。唯王丞相愀然变色曰："当共戮力王室，克复神州，何至作楚囚相对！"

**积累：**

**过江诸人**：从北方南渡到建康来的诸位人士。
**新亭**：三国时吴国所建，东晋时朝廷之士游赏宴饮之所。
**藉卉**：坐卧在草地上。
**王丞相**：王导，东晋名臣。
**愀然**：脸变色的样子。
**戮力**：协力。
**楚囚**：原指被俘的楚人。后用来形容处境窘迫之人。

## 魏晋头条　与其哭唧唧，不如化悲愤为力量！

### 事件追踪

西晋灭亡后，原本在黄河流域的世家大族为了躲避胡人的祸害，举家迁徙到长江流域，因迁徙者大多来自权力显赫的世家大族，故史称"衣冠南渡"。

过江避难的士人们，每逢天气晴和的日子，就相邀一起到新亭，坐在草地上聚会饮酒。

周𫖮(yǐ)说完，在座的人都感伤地泪眼相对，只有丞相王导神色严肃。

## 以我之姓，冠彼之名

梁国杨氏子九岁，甚聪惠。孔君平诣其父，父不在，乃呼儿出。为设果，果有杨梅。孔指以示儿曰："此是君家果。"儿应声答曰："未闻孔雀是夫子家禽。"

**积累：**

**惠**：同"慧"。
**孔君平**：孔坦，字君平，晋朝人，孔子的第26代后人。
**诣**：拜访。
**示**：给……看。
**夫子**：古时对男子的敬称，这里指孔君平。

## 魏晋头条 孔子后人竟然说不过一个九岁孩子！真相

### 事件追踪

梁国一户姓杨的人家，有一个九岁的儿子，很聪明。有一次，孔君平来拜访他父亲，他父亲不在，于是叫这个儿子出来。

杨氏子为孔君平端来水果，水果中有杨梅。

# 哭的不是树，是青春

桓公北征，经金城，见前为琅邪时种柳，皆已十围，慨然曰："木犹如此，人何以堪！"攀枝执条，泫然流泪。

**积累：**

**桓公**：桓温，字元子，出身谯国桓氏，晋明帝司马绍的女婿。
**围**：两手拇指和食指相合为一围。

# 魏晋头条 男儿有泪不轻弹，只因没有碰到那棵树！

## 事件追踪

东晋建立后，常想进军中原，恢复旧都，但大都无功而返。桓温是东晋大将军，曾数次率军北伐。

一次，桓温北伐，看到自己以前任琅琊内史时种的柳树，已有十围，不禁感慨万分，喟(kuì)然长叹，边说边攀折枝条，泪流满面。

## 坊间小料

### 大将军也是狂热追星族?

桓温是东晋著名的权臣,从小就对西晋名士刘琨 (kūn) 很是崇拜。

刘琨是谁呢?相信大家都听过祖逖 (tì) "闻鸡起舞"的励志故事,刘琨就是祖逖的"舞伴"。

刘琨不仅武功好、有将才、爱祖国,还能写诗、懂音律,那句著名的"何意百炼钢,化为绕指柔"就是刘琨写的。而且刘琨长得还很好看,相貌俊朗,温润儒雅。这么根正苗红的优质偶像桓温怎么能不爱。

为了向偶像看齐,桓温也常常拿自己和刘琨相比,他曾在北方遇到一个老妇,曾是刘琨的婢女。老婢一见桓温,便泪眼模糊。

桓温听后,怅然若失,好几日都闷闷不乐。

# 拍马屁的艺术

顾悦与简文同年,而发蚤白。简文曰:"卿何以先白?"对曰:"蒲柳之姿,望秋而落;松柏之质,经霜弥茂。"

**积累:**

**蚤**:通"早"。

**姿**:资质。

**落**:凋零。

**质**:质地。

**弥**:更加。

## 魏晋头条：头发为何变白？看顾悦的满分回答！

### 事件追踪

顾悦和简文帝同岁，可是头发早已白了。

简文帝："你的头发为什么比我的先白呢？"

顾悦："蒲柳的资质差，一到秋天就凋零了；松柏质地坚实，经历秋霜反而更加茂盛。"

简文帝 = 松柏

顾悦 = 蒲柳

记者灿烂：面对简文帝的好奇，顾悦没有直接回答自己头发为什么会变白，而是拐了一个弯，通过把自己比作脆弱的蒲柳，把简文帝比作青翠的松柏，暗赞简文帝看起来更年轻，这就是说话的艺术。

别笑！这是世说新语

# 皇帝的治愈系秘方

简文入华林园,顾谓左右曰:"会心处不必在远。翳然林水,便自有濠、濮间想也,觉鸟兽禽鱼自来亲人。"

**积累:**

**翳然**:形容荫蔽。
**濠**:濠水。
**濮**:濮水。

## 独家爆料　心有浪漫，世间皆美景

### 事件追踪 HD

简文帝走进华林园……

能使人心领神会的地方不一定要去远方追求。只要山林溪水隐蔽清幽，就自然产生庄子在濠水、濮水上那种悠然自得的想法，觉得禽鸟、野兽和游鱼自然会来亲近人。

——简文帝

　　南北朝是一个混乱的时代，也是一个富有创造力的时代，例如山水文学的兴盛，让许多受创的心灵在山水的怀抱中得到抚慰。简文帝的华林园景致单纯，却产生鸟兽亲人的景象，这是他在山水中得到的治愈。

# 人生下半场

谢太傅语王右军曰:"中年伤于哀乐,与亲友别,辄作数日恶。"王曰:"年在桑榆,自然至此,正赖丝竹陶写。恒恐儿辈觉,损欣乐之趣。"

**积累:**

**王右军**:王羲之,字逸少,曾任右军将军、会稽内史。

**桑榆**:比喻黄昏,也比喻人的晚年。

**陶写**:陶冶性情,抒发忧思。

**损**:破坏,减少。

# 魏晋头条　越老活得越明白！

### 事件追踪

人到了中年，容易哀伤，每当与亲友道别，总是会连续好几天闷闷不乐。——谢安

人到了晚年，自然如此，正有赖音乐来陶冶情操，宣泄苦闷。但又常常担心被子侄辈发觉，减损了欢乐。——王羲之

记者灿烂：人随着年岁渐长，会对人生的喜怒哀乐有比较深切的体验，真正认识到生命的价值。此时功名利禄已经是身外之物，反而更加看重情感的联系，所以谢安遇到亲友别离，格外伤神。王羲之认可谢安，并且提出了运用音乐来排解情绪的方法。

# 坊间小料  东晋"风流宰相"谢安有多能"装"？

关于谢安，最有名的莫过于他在淝水之战中，指挥东晋八万士兵打败了号称百万的前秦军队。谢安"泰山崩于前，而面不改色"的从容心态，也为后世称赞。

过后，谢安淡定地驾车去了山中别墅，与亲朋好友下围棋赌别墅。

当晋军在淝水之战中大败前秦的捷报送到时，谢安正在与客人下棋。他看完捷报，依旧不动声色地下棋。直到客人告辞后，谢安才抑制不住心头的喜悦，手舞足蹈，把木屐底上的屐齿都碰断了。

# 养宠物的哲学

支道林常养数匹马。或言道人畜马不韵。支曰:"贫道重其神骏。"

**积累:**

**畜马**:养马。
**韵**:风致,高雅。
**神骏**:神采焕发的样子。

## 独家爆料：真正的爱不是占有，而是给它自由

### 事件追踪

支道林和尚经常养着几匹马。

之后又有人送他两只鹤。小鹤长出羽翼，时时想飞。支公舍不得鹤飞走，就剪断了鹤的羽根。鹤想举翅高飞却没办法飞起，于是低头看着翅膀，就像人一样沮丧。

又过了一段时间，鹤的羽毛重新长出来，支道林让它们飞走了。

# 白雪纷纷像什么

谢太傅寒雪日内集,与儿女讲论文义。俄而雪骤,公欣然曰:"白雪纷纷何所似?"兄子胡儿曰:"撒盐空中差可拟。"兄女曰:"未若柳絮因风起。"公大笑乐。即公大兄无奕女,左将军王凝之妻也。

**积累:**

**内集**:把家里人聚集在一起。
**儿女**:子女,这里泛指小辈,包括侄儿侄女。
**文义**:文章的义理。
**俄而**:不久,一会儿。
**骤**:急。

**何所似**:像什么。
**差**:大体。
**拟**:相比。
**未若**:不如,不及。
**因风**:乘风。因,凭借。

# 魏晋头条 仅七个字，却成就了她千古的才名！

## 事件追踪

谢安在寒冷的雪天举行家庭聚会，给子侄辈的人讲解诗文。不久，雪下得更大了。

这纷纷扬扬的白雪像什么呢？

不如比作柳絮乘风飞舞。 —— 谢道韫

在空中撒盐差不多可以相比。

后来，人们用"咏絮之才"，赞许能赋诗的女子，形容女子很有才华。

# 独家爆料 旧时"王谢"有多牛？

## 事件追踪

唐代诗人刘禹锡有首著名的诗《乌衣巷》。

其中的"王谢"是谁家呢？就是琅琊王氏和陈郡谢氏，在魏晋南北朝，王谢是势力最为强大的家族，堪称"顶级豪门"。

### 乌衣巷

朱雀桥边野草花，
乌衣巷口夕阳斜。
旧时王谢堂前燕，
飞入寻常百姓家。

## 琅琊王氏

据二十四史记载，从汉代到明清，琅琊王氏家族共培养出了王导、王睿、王抟(tuán)等 92 位宰辅和王融、王羲之、王献之等 600 余位名士。琅琊王氏也因此被称为"中国古代第一豪族"。

东晋时期，在王导和王敦的领导下，琅琊王氏的势力达到巅峰，几乎可与皇家匹敌，百姓称之为"王与马，共天下"（当时皇室为司马家族）。

琅琊王氏家族中，著名的有"弹冠相庆"的王吉，二十四孝中"卧冰求鲤"的王祥，"书圣"王羲之，"小圣"王献之，"竹林七贤"之一的王戎，明朝的著名心学大师王阳明，等等。

为了提高家族地位，大族的团结格外重要。前面故事中说出"未若柳絮因风起"的才女谢道韫，就嫁给了琅琊王氏王羲之的第二个儿子王凝之。

## 陈郡谢氏

陈郡谢氏起家于魏晋时期，在著名的淝水之战中，谢安带领谢石、谢玄、谢琰等谢氏家族的后辈，在东晋生死存亡之际，击败前秦，赢得了前所未有的声望，也使得陈郡谢氏与琅琊王氏并驾齐驱。

陈郡谢氏出了许多文学与艺术方面的杰出人物。

谢灵运开创了文学史上的山水诗一派，与当时擅长写田园诗的陶渊明齐名，称"陶谢"。

与谢灵运合称"二谢"的谢朓(tiǎo)，不仅擅长山水诗，而且作诗时重视声律和辞藻的运用，他的诗风对唐代诗人王维、孟浩然等人影响至深，即使是有"诗仙"之称的李白也"一生低首谢宣城"。

谢赫是中国最早的绘画理论家，提出中国绘画上的"六法"。

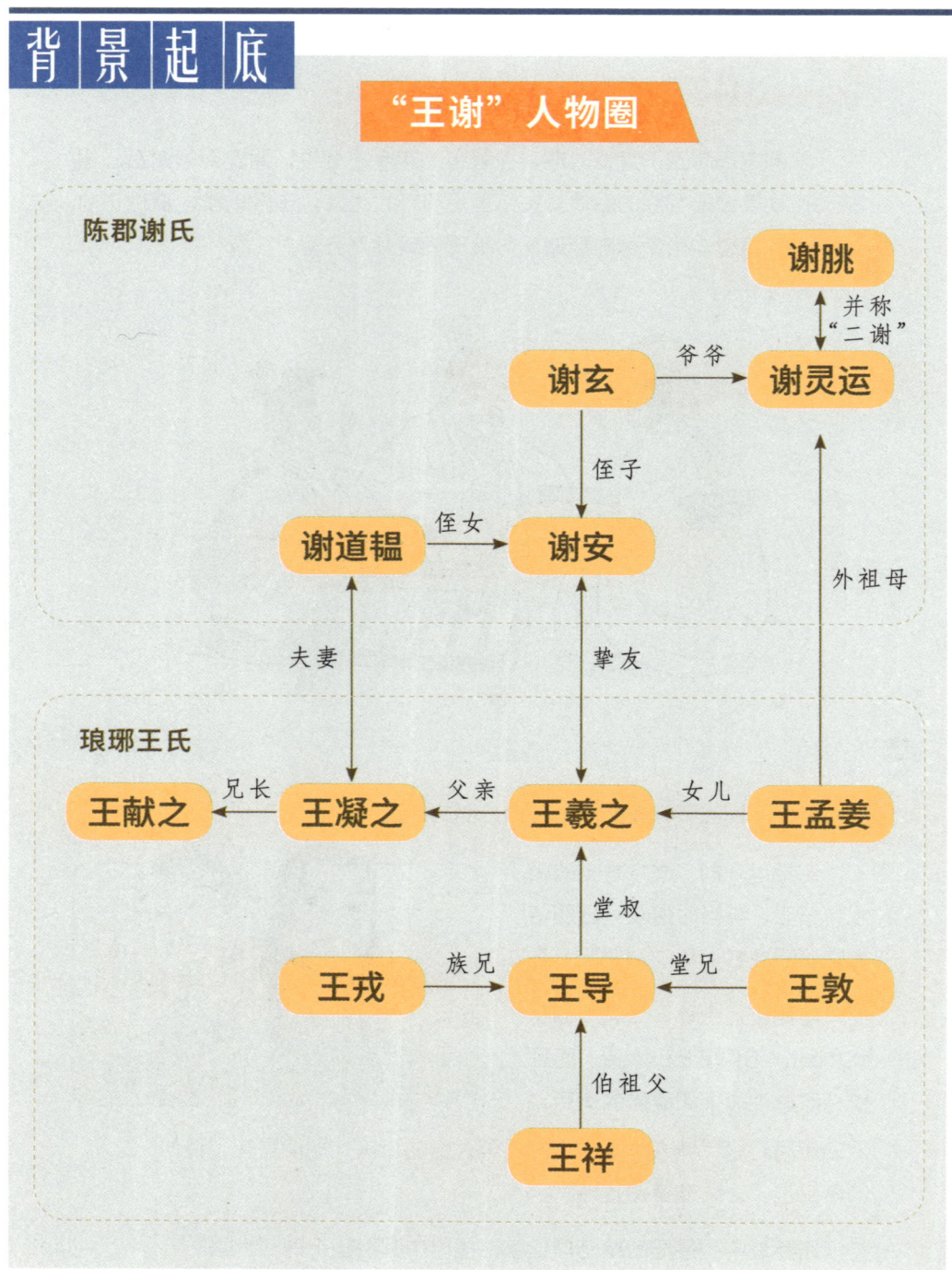

# 山川之美

顾长康从会稽还,人问山川之美,顾云:"千岩竞秀,万壑争流,草木蒙笼其上,若云兴霞蔚。"

**积累:**

**岩**:雄伟的山峰。
**壑**:山沟,借指溪流。
**蒙笼**:葱茏茂密。
**云兴霞蔚**:彩云兴起,绚烂美丽。

# 魏晋头条

## 会稽的风景有多美？听听著名画家怎么说的！

### 事件追踪

顾长康从会稽回来。

会稽的山川景色有多美？

那里山峰俊秀，万条溪流泉水奔流，草木茂密，覆盖在山坡上，好似彩云涌动，霞光灿烂。

### 人物档案

**姓名**：顾恺之，字长康

**爱好**：装傻，沉迷画画

**代表作**：《洛神赋图》《女史箴图》《斫琴图》

**外号**：东晋第一国手

**终身成就**：中国水墨画鼻祖

## 坊间小料

### 吃甘蔗也有学问？

传说，顾恺之每次吃甘蔗时，都从甘蔗梢部开始吃起。

于是，有了"渐入佳境"这个成语，用来比喻境况逐渐进展至美好的境界。

## 不会木工的琴师不是个好画家

魏晋南北朝时代，政治黑暗，文人多隐世，以琴声来寄托自己的情怀，因此，当时善琴者很多，比如嵇康、王献之。

顾恺之的《斫(zhuó)琴图》是描绘魏晋时期制作古琴过程的画作。画中，从挖刨琴板，零件加工，到造弦审音，每一个步骤的工具、手法都刻画得细致入微，甚至琴的长度大小、正在审音的琴的岳山部位、背板上两个音孔的大小距离都与实际相合。

《斫琴图》是中国历史上唯一反映古琴制造内容的绘画作品，正是因为它真实细致记载了斫琴过程，对中国研究古琴形制、鉴别古琴年代有着极大的价值。这就是一个好画家的修养。如果顾恺之没有扎实的木工、琴理基础，是不可能做到的。

## 被偷的是鱼，得到的是民心

王安期为东海郡，小吏盗池中鱼，纲纪推之。王曰："文王之囿，与众共之。池鱼复何足惜！"

**积累：**

**王安期**：王承，字安期，太原晋阳（今属山西）人，曾任西晋东海太守。为政崇尚清静，不计较细微之事。

**纲纪**：主簿。

**推**：推究，查究。

**文王之囿**：文王，指周文王。囿，古代帝王养禽兽的园子。古时称苑囿。

## 魏晋头条 员工偷鱼，老板竟为其开脱，纯纯大冤种？

**谣言**

### 事件追踪

王安期担任东海太守时，有小官员偷了官署池塘里的鱼，主簿追究这件事。

内贼偷鱼，无法无天，应该严查！

周文王的苑囿尚且与百姓共同使用，我们小小池塘中的几条鱼又有什么值得吝惜的呢！

王安期

### 记者述评

**网友：** 为什么小官员擅自偷取池塘中的鱼，负责监察的人员依法行事，王安期却不追究？

来自刘义庆老家 　　　　　　　　　　　2333

**灿烂：** 王安期身为地方领导，期许自己能像周文王一样，重视人民想法、与民分享，建立一个政府与人民相对平等的社会。他表面上是为小吏盗鱼开脱，其实是明自己仁德之志。

## 古之见闻录

### "文王之囿"大还是小?

齐宣王:听说周文王的猎场方圆七十里,有没有这件事?

孟子:嗯,书上是这样记载的。

真有这么大吗?

当时老百姓还嫌太小呢!

唉,寡人的猎场只围了四十里,老百姓竟然嫌太大了,真是不通情达理啊!

文王的猎场虽然方圆七十里,可是老百姓可以进去砍柴、捉野兔等,文王和人民是共同使用那个猎场的,所以,那时的人民其实还嫌它太小呢!

而您呢?我刚来齐国时,需要问清楚禁令才敢入境,大王的猎场不准百姓砍柴、采集,也不准随意进出。杀死一头麋鹿,就要被判死罪。这对人民来说,不就等于在园子里设下一个四十里的陷阱火坑吗?人民嫌它太大,难道不合情合理吗?

### 记者述评

 灿烂: 孟子的重点不在囿囿的大小,而在强调唯有关怀民生才能拥有民心。王安期与孟子抱持相同的看法,他们都强调领导者必须与民同乐,爱民如子,这才是天下苍生之福。

# 努力工作，是为了不用工作

王、刘与林公共看何骠骑，骠骑看文书，不顾之。王谓何曰："我今故与林公来相看，望卿摆拨常务，应对玄言，那得方低头看此邪？"何曰："我不看此，卿等何以得存？"诸人以为佳。

**积累：**

**王**：王濛（méng），字仲祖，哀靖皇后之父。

**刘**：刘惔（dàn），字真长，累迁丹阳尹，为政清静。

**林**：支道林。

**何骠骑**：何充，字道次，曾任骠骑将军。

**故**：专程，特意。

**摆拨**：摆脱，搁置。

**玄言**：玄谈或清谈。

# 魏晋头条

## 何充把好朋友晾在一边，居然是因为……

**真相**

### 事件追踪

王濛、刘惔和支道林一起去探望何充，何充正在看文书，没有理睬他们。

64　别笑！这是世说新语

# 古之见闻录

## 清谈是什么？

所谓清谈，是指清雅的谈论、议论。魏晋时期社会动乱，文人士大夫不敢直面残酷的社会现实，转而信仰老庄思想，在玄学和佛学的融合下，士大夫们开始探索一种无为、自然的政治生存模式，开启了"清谈"之风。

清谈蔚成风气，在当时，哪个人不会清谈，就像当代人不会打高尔夫球，就进不了上流社会一样。他们常聚在一起讨论很玄妙的哲理，对美感非常讲究。

## 如何清谈？

**人数**：清谈时的人数通常很随意，高兴就凑一起。
**时间**：不分白天黑夜，只要开心，通宵也可以。
**地点**：看心情而定，陋室中、树林里、山坡上、溪水边，哪儿舒服就在哪儿。
**内容**：多是哲学问题，比如，究竟是先有鸡还是先有蛋？讨论时如同玩游戏的人，越说越亢奋，毫无倦意。

## 清谈小练习

一个人听了音乐后，有时会高兴有时会悲伤。
你认为这些高兴、悲伤的情绪，是源于音乐，还是源于人原本的心情呢？

# 君子成人之美

郑玄欲注《春秋传》，尚未成。时行与服子慎遇，宿客舍。先未相识，服在外车上与人说己注《传》意，玄听之良久，多与己同。玄就车与语曰："吾久欲注，尚未了。听君向言，多与吾同，今当尽以所注与君。"遂为《服氏注》。

**积累：**

**《春秋传》**：传，注释，解说。指《春秋左氏传》，简称《左传》。

**服子慎**：服虔(qián)，字子慎，东汉经学家。

**宿客舍**：在同一家客店中住宿。

**就车**：靠近车子。

**未了**：未完成。

**向言**：刚才所言。

**尽以所注与君**：把我所注的内容全部都给你。

## 独家爆料

### 经学大师郑玄，为何突然将自己的研究成果拱手送人？ 真相

郑玄想要注释《春秋左氏传》，还没有完成。有一天出行，遇到服子慎，俩人同住在一家客店，最初彼此并不相识。

服子慎在店外的车子上和别人谈起自己注《左传》的大意。郑玄听了很久，发现许多见解和自己相同。

事件追踪

这就是服子慎所著的《春秋左氏传解谊》。

## 持续追踪 服子慎卧底当厨子

服子慎能写成《春秋左氏传解谊》，除了得到郑玄赠稿的增益加持，还因为他自己努力勤奋、治学严谨。

服子慎要开始给《春秋左氏传》作注释时，想参考各家不同的观点，以博采众家之长。他听说崔烈在讲授《春秋》，便隐瞒姓名，伪装成厨子给崔烈的学生做饭。崔烈授课时，服子慎就躲在门外偷听。但是，服子慎听了崔烈的几节课后，发现崔烈对《春秋》的研究与自己有所不同，等他了解到崔烈超不过自己，便开始和学生谈论崔烈学说的得失。

崔烈听说后，猜想这个人是谁呢？难道是服子慎？一天大早，崔烈趁服子慎还在睡觉时来拜访，还大声地叫喊："子慎！子慎！"服子慎不觉惊醒并答应。从此以后，俩人成为要好的朋友。

# 坊间小料

## 优秀！家中婢女都能用《诗经》对话

郑玄是东汉著名的经学大师，儒学造诣极高，注释了《毛诗》《周易》《论语》等儒学经典。

有一次，郑玄家中的一个婢女事情没做好，郑玄不高兴。婢女刚要分辩，郑玄就生气了，叫人把她拉到泥水里。没多久，另一个婢女路过，好奇地问泥水里的婢女："胡为乎泥中？"这句问话引自《诗经》，意思是你为什么会在泥水里？被惩罚的婢女也引用《诗经》的句子回答她："薄言往愬，逢彼之怒。"意思是说，我有话要申诉，正碰到主人发怒，所以受到责罚。

郑玄平日里与弟子讲论诗书，婢女们在耳濡目染之下，竟能自然而然地学以致用，真不负郑玄"经神"之名啊！

文学

# 自知与超越

何晏注《老子》未毕,见王弼自说注《老子》旨。何意多所短,不复得作声,但应诺诺。遂不复注,因作《道德论》。

**积累:**

**王弼**:字辅嗣(sì),魏晋玄学代表人物之一,著有《老子注》《周易注》等。

**自说**:自己阐述。

**旨**:宗旨,内涵。

**何意多所短**:何晏的《老子》注义多不及王弼之说。

**但**:只是。

**诺诺**:应答之声。

## 今日简讯

何晏注释《老子》还没完成，有一次听到王弼说起自己注释《老子》的意旨，何晏意识到自己的不足，不敢开口讨论，只是连声答应"是、是"。于是不再继续作注，另外写了《道德论》。

## 记者述评

 **网友：** 何晏因王弼比自己的见解更精湛深入，而放弃继续作注，体现了他什么样的人格？

来自刘义庆老家　　　　　　　　　　2333

 **灿烂：** 何晏身居要职，又是清谈的领袖，面对晚辈王弼，丝毫没有长辈架子，体现出何晏谦逊学习的态度。何晏避开王弼的锋芒，另辟蹊径，在不同的领域成就了自己，也体现出他有知己知彼、明快能断的特质。

文学　71

## 坊间小料

### 曹操是我爸，也是我岳父

何晏父亲早逝，曹操看何晏的母亲尹氏美丽就把她纳为妾室，何晏也就成了曹操的便宜儿子。

何晏不仅聪明机灵，还遗传了母亲的相貌，深受曹操宠爱，曹操一度动心："反正何晏跟他母亲都在我这里住，干脆让他改姓曹，我把他当亲儿子！"

何晏便在地上画一个小方框，然后自己待在里面。有人问他这是什么意思，何晏说："这是何家的房子。"曹操知道此事后，十分感慨，就派人把他送回了何家。

何晏长大后，曹操还把自己的女儿金乡公主嫁给了何晏。

### 颜值抗打的白面郎君

何晏长大后俊美非凡，皮肤细腻洁白，仿佛涂了一层白粉。魏明帝怀疑他肤白是涂粉的结果，于是在炎热的暑天，故意赏何晏一碗热汤面吃，盼他吃完掉粉。何晏很快大汗淋漓，边吃边用袖子擦汗，擦完汗后，何晏的脸更加白了，魏明帝这才相信何晏的皮肤是真的白。这就是"傅粉何郎"的由来。

# 为什么会做梦

卫玠总角时,问乐令梦,乐云:"是想。"卫曰:"形神所不接而梦,岂是想邪?"乐云:"因也。未尝梦乘车入鼠穴,捣齑啖铁杵,皆无想无因故也。"卫思"因"经日不得,遂成病。乐闻,故命驾为剖析之,卫即小差。乐叹曰:"此儿胸中当必无膏肓之疾。"

**积累:**

**卫玠**:字叔宝,是魏晋之际继何晏、王弼之后的清谈名士和玄学家。

**总角**:古代未成年人把头发扎成的左右两个髻。借指童年。

**乐令**:乐广,字彦辅,西晋清谈领袖之一。

**因**:关联。

**齑**:切成碎末的菜或肉。

**差**:病愈。

**膏肓之疾**:指难以医治的疾病,引申为难以救药的失误或缺点。

## 秒懂百科

### 不可思议的梦

卫玠好奇为什么自己不曾接触过的事物会在梦里出现，百思不得其解，体现的正是他打破砂锅问到底的好学精神，幸好乐令不厌其烦再去向他细细解说。

关于梦的研究，20世纪初期的心理学家弗洛伊德提出"梦的解析"，认为人们所做的梦是从我们有意识的日常生活当中所集合而成的一套表象。

我们从梦中醒来还记得的事情，象征着人类原始想法、冲动的表现，通过一系列精神分析学的方法，可以把梦中隐藏的内容解释出来，使那些无意识的压抑下所衍生的心理问题，得以抒发和处理。

## 坊间小料

### 流量男神卫玠，因太帅被粉丝"看"死

卫玠是晋朝著名的玄学家，也是有名的美男子。他不论去到哪里，总有人争相围观。围观的人实在太多了，道路常常水泄不通，卫玠每次都要花很大力气才能冲出重围。

卫玠虽然容貌俊俏，但他身体从小就非常虚弱，话说多了都会病倒。卫玠从豫章郡到京都（今江苏南京）时，遭遇粉丝围堵。卫玠身体受不了劳累，最终重病而死。当时的人说卫玠是被看死的，这就是成语"看杀卫玠"的典故。

文学

# 南北学问之别

褚季野语孙安国云:"北人学问,渊综广博。"孙答曰:"南人学问,清通简要。"支道林闻之,曰:"圣贤固所忘言。自中人以还,北人看书,如显处视月;南人学问,如牖中窥日。"

**积累:**

**褚季野**:褚裒(póu),字季野,河南阳翟(zhái)(今河南禹州)人。东晋名士、外戚,女儿是晋康帝的皇后。

**孙安国**:孙盛,字安国,太原中都(今山西平遥西南)人。东晋史学家、官员。

**渊综广博**:宽广博大。

**清通简要**:简明扼要,明白通达。

**忘言**:心中领会其意,不须用言语来说明。

**中人**:才智中等的人。

**显处视月**:在敞亮的地方看月亮,比喻所见广博,重点不突出。

**牖中窥日**:透过窗户看太阳,比喻所见有限,重点鲜明。

# 魏晋头条：南北学问的差别，就像看月亮和太阳的差别

## 事件追踪

北方人做学问，功底深厚，善于融会贯通。

南方人做学问，明白通达、简明扼要。

褚季野　支道林　孙安国

圣贤本来就只需意会无需言辞。从中等以下的人来说，北方人读书，像在敞亮处看月亮，视野开阔，但难以见到精义之处；南方人做学问，像透过窗户看太阳，视野狭窄，但看得透彻。

　　魏晋时期，文化的重心依然在中原地区，故事中的褚季野原籍在黄河以南，孙安国的原籍在黄河以北，故以南人、北人称之。

　　事实上，中国自然地理的南北分界线，当以秦岭—淮河为准。中国土地辽阔，南北双方所处的地理位置、气候特征、历史文化、饮食习惯等，都大不相同，因此造成了显著的南北差异。

文学

# 《诗经》哪句最好

谢公因子弟集聚,问:"《毛诗》何句最佳?"遏称曰:"昔我往矣,杨柳依依;今我来思,雨雪霏霏。"公曰:"訏谟定命,远猷辰告。"谓此句偏有雅人深致。

**积累:**

**谢公**:谢安。
**集聚**:聚会。
**遏**:谢玄的小名,谢玄是谢安的侄子。
**訏谟定命,远猷辰告**:以伟大的谋略,安定国家的命运,把长远的计划实时向百姓宣告。
**雅人深致**:高雅之人的深远意趣。

# 魏晋头条 你的喜好，暴露了你的格局

## 事件追踪

## 持续追踪

谢玄所说诗句的意思是当年我离开家乡时，杨柳依依；如今我返回故乡，白雪飞扬。虽然情景交融，但只是抒写一个老兵离家久远的悲情而已。

谢安所说诗句的意思是重大计划事关天命，必须提前告知民众。谢安选择的是一条有担当、有作为的道路！诗句中体现的是自己对国家社会的责任。一个人喜好什么，往往能反映出这个人的人生境界，谢安的家国情怀超越了个人的感情。

故事最后的"雅人深致"，表示特别有高雅深远的意趣，后来成为一句经典成语，既可形容具有深刻的见解，也可用来形容一个人的言谈举止高雅不俗。

## 坊间小料

### 战将谢玄竟是厨房暖男？

谢安的侄子谢遏，大名叫谢玄，遏是他的乳名。谢玄从小深受叔叔谢安的影响，一派名士风范。当淝水之战风雨欲来时，谢安总理朝政，内举不避亲地推荐了自己的侄儿谢玄。当时谢玄年仅三十多岁，就全面负责江北的军事，成为淝水之战中厥功至伟的最高统帅。

但大家不知道的是，谢玄有一个小嗜好——钓鱼。《全晋文》里有描述他的十篇文字，其中四篇都是关于钓鱼的。要么一下子钓到四十七条大鲈鱼，开心死了！要么把钓到的鱼腌好了送给老哥、妻子，问老哥开不开心，让妻子表扬自己。看到这儿，你是否觉得这位战场统帅，也是一位下得了厨房的可爱暖男？

# 最难迈的步子

文帝尝令东阿王七步中作诗，不成者行大法。应声便为诗曰："煮豆持作羹，漉菽以为汁。萁在釜下然，豆在釜中泣。本自同根生，相煎何太急！"帝深有惭色。

> **积累：**

**文帝**：魏文帝曹丕，字子桓，曹操之子。

**东阿王**：曹植，字子建，曹丕的弟弟，曾被封为东阿王。

**大法**：指死刑。

**漉**：过滤。

**菽**：豆类。

**萁**：豆茎。

**釜**：用来烹饪的食器。

## 魏晋头条：手足相残，活命还得靠才华！ 真相

### 事件追踪

曹植作的七步诗大意是煮豆子做成豆羹，滤去豆渣做成豆汁。豆秸(jiē)在锅下燃烧，豆子在锅中哭。豆子和豆秸本来是同一条根上生长出来的，豆秸怎能如此急迫地煎熬豆子呢！

后来，人们用煮豆燃萁比喻兄弟自相残杀。

# 每一位妈妈都值得被看见

谢太傅问主簿陆退:"张凭何以作母诔,而不作父诔?"退答曰:"故当是丈夫之德,表于事行;妇人之美,非诔不显。"

**积累:**

**诔**:叙述死者生前事迹,表示哀悼。

**故**:原因。

**丈夫**:泛指男子。

# 魏晋头条：只为妈妈写文，张凭为何如此偏心？

真相

### 事件追踪

张凭为什么作母亲的诔文，而不作父亲的诔文？

——谢安

原因是男人的德行已经表现在他的事业上了。但妇人的美好德行，没有诔文就无法显明于世。

——陆退

## 秒懂百科

### 什么是诔文？

诔文，又称诔辞、诔状，是从周代流传下来的一种文体名称，一开始主要表彰死者功绩，确定死者谥号。

到了魏晋南北朝，诔文从原来的礼仪之文发展成抒情之文，说明死者生前德行和表达作者哀情，也会书写死者才性和情趣，充满真情实感。

# 检验好文章的方法

孙兴公作《天台赋》成,以示范荣期,云:"卿试掷地,**要**作**金石声**。"范曰:"恐子之金石,非**宫商**中声。"然每至佳句,辄云:"**应是我辈**语。"

**积累:**

**要**:应当。
**金石声**:演奏钟磬(qìng)类乐器的声音。此处形容文辞优美,声调铿锵(kēng qiāng)。
**宫商**:五音中的宫、商之音。此处指金石声不合宫商之音,没有音韵之美。
**应**:的确,确实。
**我辈**:我们这些人。

# 魏晋头条：掷地有声，有"重量"的文章长啥样？

## 事件追踪

孙兴公创作完成《天台赋》后，非常满意，拿去给范荣期看。

谁知，范荣期读了之后赞不绝口。

# 古之见闻录　　打卡胜地天台山

　　除了魏晋的孙兴公、王羲之，《全唐诗》中有400多位诗人都曾游历或栖居天台山，这包括李白、杜甫、白居易、孟浩然等。李白作的"龙楼凤阙不肯住，飞腾直欲天台去"，堪称宣扬天台山的最佳广告词。

　　至于宋朝的苏轼、米芾(fú)、陆游、朱熹，以及明朝的徐霞客、唐伯虎、文征明，甚至近代的康有为、郁达夫等，都为天台山留下墨宝和诗文。

## 琼台
[唐]李白

龙楼凤阙不肯住，飞腾直欲天台去。
碧玉连环八面山，山中亦有行人路。
青衣约我游琼台，琪木花芳九叶开。
天风飘香不点地，千片万片绝尘埃。
我来正当重九后，笑把烟霞俱抖擞。
明朝指袖出紫微，壁上龙蛇空自走。

# 别笑！这是世说新语 02

## 魏晋风度

洋洋兔 编绘

石油工业出版社

图书在版编目（CIP）数据

别笑！这是世说新语/洋洋兔编绘．－－北京：石油工业出版社，2023.3
ISBN 978-7-5183-5762-8

Ⅰ．①别⋯ Ⅱ．①洋⋯ Ⅲ．①《世说新语》—青少年读物 Ⅳ．① I207.419-49

中国国家版本馆 CIP 数据核字 (2023) 第 006596 号

### 别笑！这是世说新语-02魏晋风度
洋洋兔 编绘

| | |
|---|---|
| 选题策划： | 王　昕　黄晓林 |
| 责任编辑： | 王　磊　王之源 |
| 责任校对： | 刘晓婷 |
| 出版发行： | 石油工业出版社 |
| | （北京安定门外安华里2区1号 100011） |
| | 网　　址：www.petropub.com |
| | 编辑部：(010)64523616　64252031 |
| | 图书营销中心：(010)64523731　64523633 |
| 经　　销： | 全国各地新华书店 |
| 印　　刷： | 河北朗祥印刷有限公司 |

2023年3月第1版　　2023年3月第1次印刷
710毫米×1000毫米　开本：1/16　印张：18.5
字数：260千字

定　　价：120.00元（全3册）
（图书出现印装质量问题，我社图书营销中心负责调换）
版权所有　翻印必究

# 文言文启蒙，就选《世说新语》

给孩子看的古文书籍，应该短小有趣富有哲理，深入浅出，读起来朗朗上口。南朝刘义庆写的志人小说集——《世说新语》最合适不过了。

志人小说是指记述人物的轶闻琐事、言谈举止的小说。《世说新语》主要记述的是发生在东汉末年到魏晋期间的人物故事。那是怎样一个时期呢？

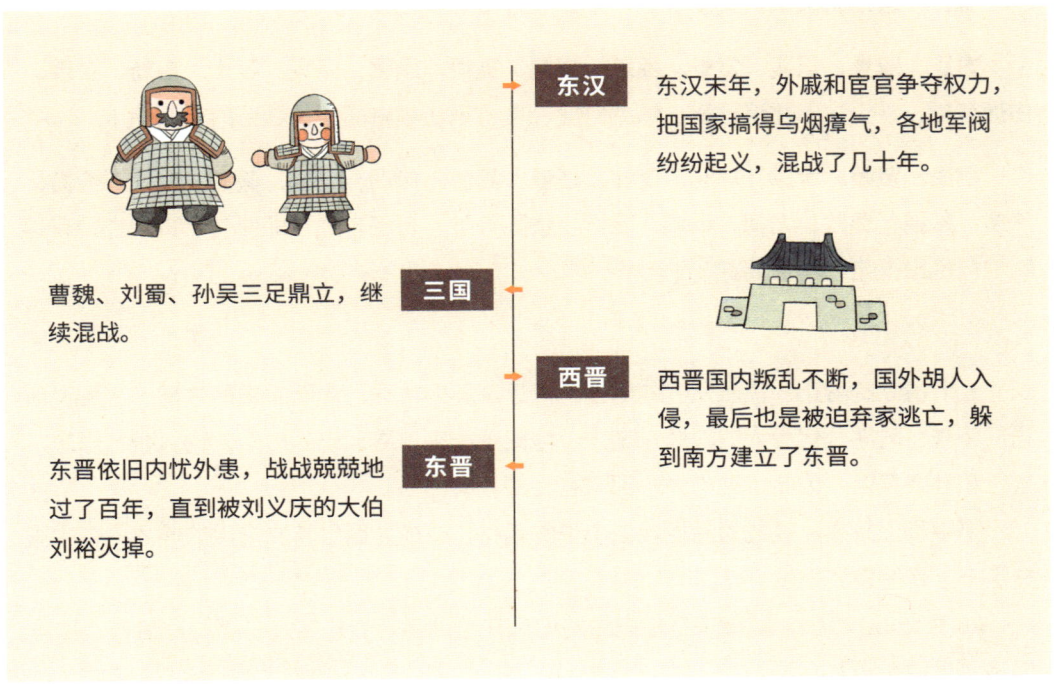

**东汉** 东汉末年，外戚和宦官争夺权力，把国家搞得乌烟瘴气，各地军阀纷纷起义，混战了几十年。

**三国** 曹魏、刘蜀、孙吴三足鼎立，继续混战。

**西晋** 西晋国内叛乱不断，国外胡人入侵，最后也是被迫弃家逃亡，躲到南方建立了东晋。

**东晋** 东晋依旧内忧外患，战战兢兢地过了百年，直到被刘义庆的大伯刘裕灭掉。

几百年的政局混乱、黑暗腐败中，敢站出来议论时政的文人纷纷被害，成为政治斗争中的牺牲品。

在这样极其险恶的时代背景下，名士们被迫回避残酷的现实，转而议论玄言佛理，寄情山水，放达任性，风流自赏，以此摆脱社会压力和精神苦闷。他们就是在《世说新语》中闪亮登场的主角团队。

上至帝王将相，下至隐士百姓，《世说新语》中涉及的人物共 1500 多个。不羁世俗的"竹林七贤"、从容雅量的谢安、任性旷达的的王羲之……他们代表的魏晋文人的精神，被称为"魏晋风度"或"魏晋风流"。

## 名士修炼手册

《世说新语》内容分为 36 个类别：

**德行、言语、政事、文学**等类，记载了大量忠孝仁爱的故事。

**方正、雅量、识鉴、赏誉、品藻、规箴、捷悟、夙惠、豪爽、容止、自新、企羡、伤逝**等类，从士人的才情理智、情感气度、言谈举止等方面褒扬魏晋的审美追求。

**栖逸、贤媛、术解、巧艺、宠礼、任诞、简傲、排调、轻诋、假谲、黜免、俭啬、汰侈、忿狷、谗险、尤悔、纰漏、惑溺、仇隙**等类，有褒有贬，即使在贬责中也饶有趣味地描绘出人物的真性情。

光洁清朗的容止、优雅从容的韵度、疏远深奥的才理、淡然超逸的性情，《世说新语》将魏晋时期几代士人的群像，全方位地刻画出来，展现出当时的人物风貌、思想、言行和社会风俗，因此，被称为一部"名士的教科书"。

书中不少故事，或成为后世戏曲小说的素材，或成为后世诗文常用的典故，在中国文学史上具有重要地位。

20 世纪 50 年代，翻译家傅雷先生给他远在欧洲学习音乐的儿子傅聪写信时，推荐他读《世说新语》。

## 作者刘义庆的真心话与大冒险

- 《世说新语》的主编刘义庆，出生于 403 年，是南北朝时期刘宋王朝开国皇帝刘裕的侄子。

刘裕非常赏识刘义庆，曾夸赞说"此我家之丰城也"，江西丰城曾出土干将、莫邪宝剑，丰城因此成为藏宝的代称。刘义庆的人生也仿佛开挂般，13岁受封为南郡公，15岁掌管国家图书馆，17岁当上副宰相。

然而，好景不长，刘裕去世后，几位皇子展开皇位争夺战，最终，刘义庆的堂弟刘义隆夺位，即宋文帝。宋文帝疑心病重，下手狠辣，杀害了很多拥位功臣和皇家宗室，刘义庆的处境也如履薄冰。

刘义庆不愿卷入皇室斗争，先后躲到荆州、江州一带当官。不少文人聚集在他门下，比如当时的名士袁淑、陆展、何长瑜、鲍照。据说宋文帝给刘义庆写信时，都要再三斟酌字句，生怕写得不好让刘义庆和他身边那帮文人笑话。

为了向宋文帝表明自己无心政治的真心，远离祸端，刘义庆搜集汉末到魏晋期间社会顶流的轶事趣谈，写成《世说新语》，表达自己只想学习魏晋名士自由潇洒、纵情山水的生活方式。

同样，在为现实而苦恼，遇到困难而失措无助时，在这场精神大冒险中，刘义庆也希望能够从文人的精神气质中，找到慰藉，获得应对困境的能力、平衡自我的旷达心态。

# 方正

陈太丘与友期行 　1
厚脸皮的粉丝 　4

# 雅量

广陵绝响遗恨长 　6
路边的李子不要随便采 　10
奇怪的择婿标准 　12
风来浪去亦从容 　16
打造人设的棋局 　21
火灾逃生记 　23

# 识鉴

吃货的辞职借口 　25
对君是小恨，于才是真爱 　27

# 赏誉

金玉满堂 　30

# 品藻

牛和马，谁比较厉害 　33
诸葛三杰哪家强 　36
各有各的优点 　39
真性情的王蓝田 　41
懒得和你比 　43
警惕"小喇叭" 　45
沉默是金 　47
说话的艺术 　50

目录

## 规箴

高情商的劝谏术　　54
钱财让人心慌慌　　56
悍妇不可说也　　60
大师的格局　　62
自愿做你的猎物　　65

## 捷悟

贪吃无罪，一人一口　　68
才华差了三十里　　70

## 夙慧

思念比太阳还远　　76

## 豪爽

老将的牢骚　　78

## 容止

曹操的容貌焦虑　　80
夸人帅的文学新高度　　83
古代也有外貌协会　　86

## 自新

恶棍竟是我自己　　90

# 陈太丘与友期行

陈太丘与友期行,期日中。过中不至,太丘舍去,去后乃至。元方时年七岁,门外戏。客问元方:"尊君在不?"答曰:"待君久不至,已去。"友人便怒,曰:"非人哉!与人期行,相委而去。"元方曰:"君与家君期日中。日中不至,则是无信;对子骂父,则是无礼。"友人惭,下车引之,元方入门不顾。

## 积累:

**期行**:相约同行。期:约定。

**日中**:正午时分。

**舍去**:丢下(他)而离开。舍:舍弃。去:离开。

**乃**:才。

**尊君**:对别人父亲的尊称。

**不**:同"否"。

**相委而去**:丢下别人自己走了。

**家君**:对人谦称自己的父亲。

**引**:拉,牵拉。

**顾**:回头看。

# 魏晋头条

## 解气！遇上不讲理的人就该这么干！

**事件追踪** HD

陈太丘和朋友相约同行，约定在正午。过了正午，朋友还没到，陈太丘先离开了，之后朋友才到。

元方当时七岁，在门外游戏。

真不是人啊！和别人相约同行，却丢下别人先离开了。

您与家父约在正午，正午您没到，就是不讲信用；对着孩子骂父亲，就是没有礼貌。

朋友感到惭愧，下了车想去拉元方的手，元方头也不回地走进家门。

别笑！这是世说新语

## 坊间小料

### 代表君子感化你!

陈寔,字仲躬,因曾任太丘长(相当于太丘县长),称"陈太丘"。

一次,有个小偷躲在陈寔家的屋梁上,想趁机偷窃。陈寔知道后,并未喊人捉拿他,而是把子孙们叫到面前训示。

陈寔鼓励人应该努力上进,勿走邪路。做坏事的人并非生来就坏,只是后天养成的坏习惯。陈寔勉励小偷改恶向善,并赠丝绢布匹给他,自此县里不再发生盗窃的事。后人常以"陈寔遗盗"比喻义行善举,用"梁上君子"指代小偷。

### 你若不来,我便不走

春秋时有个叫尾生的年轻人,与心上人约定,在城外的木桥相会。尾生等了很久,心上人也没有来。不料,河水暴涨,淹没了桥面,尾生却迟迟不愿离去,最后竟抱着柱子被水淹死于桥下。后来,人们用"尾生抱柱"或"尾生之信""抱柱之信"比喻坚守信约、至死不渝。

# 厚脸皮的粉丝

王太尉（wáng tài wèi）不与庾子嵩（yǔ zǐ sōng）交，庾卿之不置（bù zhì）。王曰："君不得为尔。"庾曰："卿自君我，我自卿卿。我自用我法，卿自用卿法。"

**积累：**

**王太尉**：王衍，字夷甫，西晋琅琊临沂人。出身于琅琊王氏，司徒王戎的堂弟。

**庾子嵩**：庾敳，字子嵩，西晋颍川鄢陵人。出身于魏晋名门颍川庾氏，谏议大夫庾峻之子，是当时的名士、清谈家。

**置**：停下。

**卿**：上对下或平辈之间亲热的称呼。

**君**：对对方的尊称。

## 魏晋头条　你可以不喜欢我，但我誓死捍卫喜欢你的权利！

### 事件追踪

庚子嵩仰慕太尉王夷甫，但王夷甫不想跟庚子嵩交朋友，庚子嵩却以"卿"相称，亲热个没完。

# 广陵绝响遗恨长

嵇中散临刑东市,神色不变,索琴弹之,奏《广陵散》。曲终,曰:"袁孝尼尝请学此散,吾靳固不与,《广陵散》于今绝矣!"太学生三千人上书,请以为师,不许。文王亦寻悔焉。

**积累:**

**嵇中散**:嵇康,字叔夜,好老、庄,拜中散大夫,世称嵇中散。

**东市**:汉朝长安行刑的场所,后来专指刑场。

**《广陵散》**:琴曲名。

**袁孝尼**:袁准。

**靳固**:吝惜固执。

# 独家爆料

## 音乐大咖嵇康今日**行刑**，名曲《广陵散》就此**失传**？

中散大夫嵇康在东市将要被处死，他神色不变，要来古琴弹奏，弹奏的是一曲《广陵散》。

> 袁孝尼曾经请求跟我学这首曲子，我舍不得，不愿传授给他，从此《广陵散》要失传了！

嵇康

**HD 事件追踪**

三千太学生上书，请求以嵇康为老师（以此救嵇康），朝廷不允许。嵇康被杀后不久，文王司马昭就后悔了。

记者灿烂：面对死亡，嵇康弹奏着心爱的乐曲，用最优雅的方式和世界告别。他留下的唯一遗言，竟是自我批判吝啬，导致名曲失传，这种宽广的胸襟气度令人钦佩。

雅量

## 嵇康被害真相，竟是因为粉丝的挟私报复！

嵇康是谁？魏晋时期，如果要票选人气男团的话，"竹林七贤"毫无悬念位列榜首，而嵇康正是"竹林七贤"的精神领袖，他不仅博览群书、才华横溢，还风姿特秀，容止出众。

大书法家钟繇（yáo）的小儿子钟会是嵇康万千粉丝中的一位。他写了篇《四本论》，想拿给偶像看看，结果在嵇康家门外害羞了半天，没敢进去，直接把稿子丢进墙内，忐忑地跑回了家。

后来，钟会少年得志，深受朝廷重用，便叫上一帮名士陪着自己追星。恰巧嵇康正在打铁，没有理他。钟会待了一会，觉得颜面受辱，起身要走时，嵇康才说话。

从此，钟会因爱生恨，由粉变黑，专注于打击报复嵇康。

嵇康有位好朋友叫吕安，吕安的兄长吕巽（xùn），欺辱了吕安的妻子徐氏，令徐氏自杀，并且吕巽仗着是司马昭亲信，恶人先告状，诬陷吕安不孝。魏晋时期崇尚"以孝治天下"，不孝是非常严重的罪行。嵇康听闻后愤愤不平，立马写了篇小作文《与吕长悌（tì）绝交书》为吕安作证，吕长悌就是吕巽。

此时，小人钟会终于抓住机会，在司马昭面前大吹冷风，大意是说：嵇康人气太高，三千多太学生给他站台。这阵势不是挑战司马昭政权的权威吗？于是，钟会把一件普通的民事案件，硬生生变成政治案件。

最后，嵇康入狱，上了断头台。"孔融死而士气灰，嵇康死而清议绝"，曹操和司马昭正是用这样的方式，扫清文人的"噪音"。

## 坊间小料

## 《广陵散》不是嵇康原创！

《广陵散》又名《广陵止息》，是中国十大古琴曲之一，因嵇康擅弹而闻名。据文献记载，《广陵散》并非嵇康创作，它源自战国时期，演绎的是古代四大刺客之一——聂政刺杀韩相的故事。

韩国大夫严仲子和韩相侠累因争宠结下仇恨，聂政本是市井之徒，为了报答严仲子的知遇之恩，在为母亲守孝三年后，孤身一人刺杀侠累。事后，聂政怕连累自己的姐姐，就毁坏面容，壮烈赴死。

后人根据这个故事谱成《广陵散》琴曲，旋律慷慨激昂，气势磅礴，是我国现存古琴曲中唯一具有戈矛杀伐战斗气氛的乐曲。或许嵇康也正是看到了此曲中的反抗精神与战斗意志，在魏晋这个是非不分、尔谀我诈的时代，借以高歌自己的人生理想。

## 《广陵散》并未失传！

因为嵇康的个人影响力很大，所以后世很多人都误以为嵇康死后《广陵散》就失传了。其实并不是，嵇康的"《广陵散》于今绝矣！"更多的是表达临死前的激愤，并不是这首曲子本身。

《广陵散》的曲谱保存在《神奇秘谱》里。后来，我国著名古琴演奏家管平湖先生根据《神奇秘谱》所载的曲调进行了整理、打谱，使这首奇妙绝伦的古琴曲音乐又回到了人间，也就是我们现在听到的版本。

# 路边的李子不要随便采

王戎七岁,尝与诸小儿游。看道边李树多子折枝,诸儿竞走取之,唯戎不动。人问之,答曰:"树在道边而多子,此必苦李。"取之,信然。

**积累:**

**尝**:曾经。

**竞走**:争着跑过去。

**唯**:只有。

**信然**:的确如此。

## 魏晋头条　神童基本功：透过现象看本质

### 事件追踪

王戎七岁的时候，曾和许多小孩一起嬉戏玩耍。他们看见路边李子树上果实累累，把树枝都压弯了。许多孩子都争相跑过去摘李子，只有王戎没有动。

雅量

# 奇怪的择婿标准

郗太傅在京口,遣门生与王丞相书,求女婿。丞相语郗信:"君往东厢,任意选之。"门生归,白郗曰:"王家诸郎,亦皆可嘉,闻来觅婿,咸自矜持。唯有一郎,在床上坦腹卧,如不闻。"郗公云:"正此好!"访之,乃是逸少,因嫁女与焉。

**积累:**

**郗太傅**:郗鉴,曾兼任徐州刺史,镇守京口。

**门生**:门人,世家大族里的门客或私属。

**王丞相**:王导,字茂弘,东晋开国元勋。

**信**:使者。指这位门生。

**矜持**:拘束,拘谨。

**坦腹**:敞开上衣,露出腹部。

**正**:恰。

**逸少**:王羲之,字逸少,是王导的侄儿。

# 魏晋头条

## 太傅郗鉴挑女婿，为何偏要挑个倨傲无礼的人？

**事件追踪**

郗鉴在京口时，派门生送信给丞相王导，想在王家子侄中找一位女婿。

> 你到东厢房去，任意挑选一位。

> 王家子弟都值得称赞，听说来挑女婿，都显得庄重拘谨。只有一位郎君，在东面的榻上袒胸露腹地躺着，好像没听说挑女婿这件事。

门生回去向郗太傅报告。

> 就是这一位好。

再去打听，原来是王羲之。于是郗鉴把女儿嫁给了他。这就是东床快婿的故事。

雅量

**记者述评**

**网友：** 当时王家有那么多矜持守礼、温文尔雅的子侄可选，郗太傅为什么偏偏选一个不拘礼法的人做女婿呢？

来自刘义庆老家　　　　　　　　　　2333

**灿烂：** 就历史来看，郗太傅确实有识人之明，后来王羲之的官位达到右军将军，他更是千古书法第一人，被称为"书圣"。这一切成就与王羲之当时坦腹东床的行为有关联吗？也许王羲之正是因为不受礼教的束缚，有自己的坚持和想法，至性至纯，才能在艺术领域展现出真正的情志。

## 说点正事

### 魏晋风度：时代的悲凉，文人的傲骨

魏晋是中国历史上一个特殊的时代。国家权力的频繁更换和政府高压政策，让很多文人在政治斗争中被迫牺牲。于是，社会上出现一群名士，采取消极避世的态度来反抗黑暗现实。

他们不拘于传统的礼法约束，清俊通脱，任性率直，纵情山水，崇尚佛道，不畏世俗，风流自赏。从清谈客何晏、王弼，到竹林名士嵇康、阮籍，艺术大家王羲之、顾恺之，至江左领袖王导、谢安，他们用在当时看来独特且怪诞的方式，表达对个性解放与精神超脱的追求。

这种在思想文化上极度解放、自由的时代精神，被后世赞赏为"魏晋风度"。

## 坊间小料

### 原谅我这一生不羁放纵爱自由

王羲之性情"风流",他的儿子王徽之(字子猷)也有这样的特质。子猷居住在山阴,一次夜里下大雪,他从睡眠中醒来,起身徘徊,突然想念好友戴逵(kuí),即刻连夜乘小船前往。经过一夜才到,到戴家门口,没有进去,却转身回家了。

这就是"乘兴而行,兴尽而返"的典故,这种举动虽然在现代看起来有些难以理解,但却反映出当时名士率性任情的风度和一种乐观、豁达的人生态度,也就是前面所说的魏晋风度。

聊点八卦:还记得那位咏絮才女谢道韫吗,谢安本来相中王徽之,想把谢道韫嫁给他,但是听说了王徽之雪夜访戴的事情后,觉得王徽之虽然不羁,但性格过于随便,侄女嫁过去可能受委屈,于是将她许配给了王徽之的兄长王凝之。

雅量

# 风来浪去亦从容

谢太傅盘桓东山时，与孙兴公诸人泛海戏。风起浪涌，孙、王诸人色并遽，便唱使还。太傅神情方王，吟啸不言。舟人以公貌闲意说，犹去不止。既风转急，浪猛，诸人皆喧动不坐。公徐云："如此，将无归！"众人即承响而回。于是审其量，足以镇安朝野。

**积累：**

**盘桓**：悠游，逗留。

**东山**：会稽上虞县山名。谢安曾隐居东山。

**泛海戏**：泛舟海上游玩。

**遽**：惶恐，惧怕。

**唱**：叫喊，高呼。

**神情方王**：兴致正盛。王，通"旺"，旺盛，兴旺。

**貌闲意说**：神态闲适舒畅。说，同"悦"。

**徐**：缓慢，慢悠悠。

**将无**：大概，恐怕。

**承响**：应声。

**镇安朝野**：安定朝廷内外。

## 魏晋头条  谢安海上遇风浪，仅凭气场就镇住全场！

**事件追踪** HD

谢安隐居在东山时，与孙兴公等人乘船到海上游玩。海面上风起浪涌，孙兴公、王羲之等人神色惊惧不已。

谢安却兴致正高，吟诗啸咏，不予回答。船夫因为谢安面色安闲，心情愉悦，仍然向前行驶。

雅量 17

一会儿，风势更急，浪头更猛。

大家立即应声附和而回。从这件事可知谢安的气度，足以镇抚朝廷内外，安定国家。

## 古之见闻录

### 东山再起

谢安性情恬淡，才学很高，年轻时任佐著作郎，但不久借着生病辞官回乡，隐居在会稽东山，与王羲之、许询（xún）等游山玩水。朝廷多次派人请他出山，都被他拒绝。

直到谢安四十岁时，他的弟弟谢万北伐前燕兵败，被贬为庶人，陈郡谢氏一族再无重要的人物在朝。为了守住家族的荣耀和拯救国家危亡，在大将军桓温再三相请下，谢安最终出山。上任时，许多官员在新亭为他送行。

你之前隐居在东山，屡次不肯应召出仕，大家都说："安石（谢安字安石）不肯出来当官，怎么面对天下苍生呢？"

今天你终于肯出来了，天下苍生又怎么面对你呢？

谢安没有辜负期待，在淝水之战中从容应战，以八万晋军大破前秦号称百万的军队，带领谢氏家族走向荣耀巅峰，这就是成语"东山再起"的典故。后来"东山再起"用于比喻失势之后重新恢复地位。

## 谢安教子侄

谢安夫人：怎么从来没见您教导过儿子？

谢安：我经常以自身言行教导儿子。

谢安：为什么皇帝每次赏赐给山涛的东西很少？

谢玄：应该是受赐的人要求不多，才使得赏赐的人不觉得少。

谢安：子侄们无需过问政事，为什么还要成为优秀子弟？

谢玄：这就好比芝兰玉树，总想使它们生长在自家的庭院中啊！

# 打造人设的棋局

谢公与人围棋,俄而谢玄淮上信至。看书竟,默然无言,徐向局。客问淮上利害,答曰:"小儿辈大破贼。"意色举止,不异于常。

**积累:**

**谢公**:谢安。

**俄而**:不一会儿。

**谢玄**:谢安的侄子。

**淮上信至**:淝水前线的信使到来。

**竟**:完毕,终了。

**徐向局**:慢慢地转向棋局继续下棋。

**利害**:指胜败。

# 魏晋头条　战报传来，谢安面不改色，被"装"到了！

## 事件追踪 HD

谢安和客人下围棋，不一会儿，谢玄从淮河前线派来的信使到了。

谢安看完信，默不作声，又慢慢地转向棋盘。说话时的神态举动和平时没有什么不同。

后人把这个故事简称为"谢公围棋"，赞美谢安有从容雅量。

# 火灾逃生记

王子猷、子敬曾俱坐一室,上忽发火。子猷遽走避,不惶取屐;子敬神色恬然,徐唤左右扶凭而出,不异平常。世以此定二王神宇。

**积累:**

**王子猷、子敬**:王徽之,字子猷;王献之,字子敬。他们都是王羲之的儿子。

**俱**:一起。

**遽**:匆忙。

**惶**:通"遑",空闲。

**徐**:慢慢地。

**定**:评定。

**神宇**:胸襟气度。

# 魏晋头条：从应对屋内起火，看王献之的君子范

## 事件追踪 HD

王子猷、子敬曾经同坐在一间屋子里，屋顶突然起火。

子猷仓皇逃跑躲避，连木屐都来不及穿；子敬则神态安闲，从容叫来随从，由随从搀扶着走出去，和平时一样。世人从这件事评定出二王气度的高下。

# 吃货的辞职借口

张季鹰辟齐王东曹掾,在洛,见秋风起,因思吴中菰菜羹、鲈鱼脍,曰:"人生贵得适意尔,何能羁宦数千里以要名爵!"遂命驾便归。俄而齐王败,时人皆谓为见机。

**积累:**

**张季鹰**:张翰,字季鹰,西晋吴郡人。
**辟**:征召。
**齐王**:司马冏(jiǒng),字景治,晋武帝司马炎的侄子。
**东曹掾**:官名。曹,分科办事的官署。
**吴中**:吴地,苏州。
**菰菜**:茭(jiāo)白。
**鲈鱼脍**:鲈鱼切片或切碎做的菜。
**尔**:罢了,而已。
**羁宦**:在异乡做官。
**要**:求。
**见机**:看清事情将要发生的端倪(ní)。

# 魏晋头条　辞职的理由？嘴馋行不行？

## 事件追踪 HD

张季鹰被征召为齐王的东曹掾。在洛阳，张季鹰看到秋风吹起，因而想起故乡吴地的茭白羹和鲈鱼脍。

> 人生的可贵之处在于顺心罢了，怎么能为了追求功名利禄，而在几千里外的地方做官呢？

于是，他命仆人驾车而归。不久后，齐王战败被杀，当时人们都说他能够洞察先机。

一场辞职，造就了"莼（chún）鲈之思"的典故。后来人们用"莼鲈之思"表达思念故乡、淡泊名利的心境。

# 对君是小恨，于才是真爱

郗超与谢玄不善。苻坚将问晋鼎，既已狼噬梁、岐，又虎视淮阴矣。于时朝议遣玄北讨，人间颇有异同之论。唯超曰："是必济事。吾昔尝与共在桓宣武府，见使才皆尽，虽履屐之间，亦得其任。以此推之，容必能立勋。"元功既举，时人咸叹超之先觉，又重其不以爱憎匿善。

**积累：**

**郗超**：字景兴，王羲之的内侄。

**苻坚**：字永固，十六国时前秦的第三代君主。

**问晋鼎**：指篡夺晋室政权。

**狼噬**：像狼一样吃掉。此指侵占。

**虎视**：像老虎一样雄视，有伺机攫取之意。

**淮阴**：泛指淮河一带，乃东晋北境。

**是必济事**：这样安排必定能成事。

**桓宣武**：桓温。

**履屐之间**：比喻小事。

**容**：也许，或许。

**元功**：大功，首功。

**匿**：隐藏。

# 魏晋头条：虽然我不喜欢你，但我欣赏你的才华

## 事件追踪 HD

郗超和谢玄不和。

谢玄一定能成事。我曾和他一起在桓温的幕府共事，发现他用人时都能人尽其才，即使遇到小事，也能处理得当。由此推断，他必定能建立功勋。

苻坚准备谋取东晋政权，且已经如狼般吞并了梁州、岐山，又虎视眈(dān)眈地想攫(jué)取淮阴地区。这时，朝廷商议派谢玄领兵北伐，人们对此颇有不同的意见。

大功告成后，人们都赞叹郗超有先见之明，又敬重他不因为个人的好恶而埋没别人的长处。

记者灿烂郗超评论他人时，能够以公正客观的态度，不夹杂私人恩怨，并且经过重重验证，推荐最合适的人才。郗超不只具备慧眼看人的功夫，更具有宽广容人的气度。

# 古之见闻录

## 外举不避仇，内举不避亲

晋平公：南阳没有县令，谁可以担任？

祁黄羊：解狐可以。

解狐不是你的仇人吗？

您问的是谁可以当县令，没问我的仇人是谁。

过了一段时间……

国家没有掌管军事的官员，可以任用谁？

祁午可以。

祁午不是你的儿子吗？

您问的是可以任用谁做官，不是问谁是我的儿子。

晋平公听罢连声称善。起用此二人后，国人们皆称许不已。孔子听说此事后……

孔子：真好！祁黄羊荐举外人，不排除自己的仇人；荐举自家人，也不避开自己的儿子。可以称得上大公无私了。

# 金玉满堂

王长史谓林公:"真长可谓金玉满堂。"林公曰:"金玉满堂,复何为简选?"王曰:"非为简选,直致言处自寡耳。"

**积累:**

**王长史**:王濛,字仲祖,小字阿奴。曾担任司徒左长史。
**林公**:支道林。
**真长**:刘惔,字真长。
**简选**:挑选。

# 魏晋头条 我的官配我来夸!

## 事件追踪

刘真长的言谈可说是就像金玉财宝充满整个厅堂。

王濛

既然是金玉满堂,为什么又要挑选言辞?

支道林

不是经过挑选,只是他套用言辞的地方本来就不多呀。

记者灿烂

金玉满堂形容财富极多,也形容学识丰富。这个故事中的意思是后者,王濛评价刘真长是个很有学问的人,所以在谈话中多是自己的所思所想,而非大量引用其他人的观点。

赏誉

## 坊间小料　　友谊万岁

王濛与刘惔（dàn）齐名，都是性情通达的名士，并且是莫逆之交。在《世说新语》中，你会发现，有王濛的地方往往会有刘惔，他俩可谓东晋清谈圈中黏人的双子星。

### 看彼此眼里都是小星星

王濛说刘真长："刘尹知我，胜我自知。"刘真长也毫不吝啬地夸赞王濛："性至通而自然有节。"

### 你是我最棒的"爱豆"

王濛与刘惔喝酒，王濛兴奋地跳起舞来，刘惔赞扬他："阿奴今日不复减向子期。"不仅亲切地叫王濛小名阿奴，还把他和顶流男团竹林七贤的向秀相比。

### 能夸能怼也能吹

别后重逢，王濛对刘惔说："卿更长进。"刘惔不假思索地回道："此若天之自高耳。"王濛夸奖刘惔有进步，刘惔说自己的才华本来就像天那么高。

一次，王濛和刘惔清谈辩论。刘惔走后，王濛的儿子问："刘真长的学问和你比怎么样？"王濛回答："要说言辞优美，他不如我。只是他总是一语道破，胜过我许多。"

# 牛和马，谁比较厉害

庞士元至吴，吴人并友之。见陆绩、顾劭、全琮，而为之目曰："陆子所谓驽马有逸足之用，顾子所谓驽牛可以负重致远。"或问："如所目，陆为胜邪？"曰："驽马虽精速，能致一人耳。驽牛一日行百里，所致岂一人哉？"吴人无以难。"全子好声名，似汝南樊子昭。"

**积累：**

**庞士元**：庞统，字士元，与诸葛亮并称"卧龙凤雏"。

**陆绩**：东吴人，博学多才，因有脚疾，无法随意行走。

**顾劭**：东吴人，妻子为孙策长女。

**全琮**：东吴将领，妻子为孙权长女。

**驽马**：劣马。

**逸足**：疾足，跑得快。

**樊子昭**：东汉名士，品行高洁，对名利能够淡然处之。

# 独家爆料 老祖宗的观人术：用动物精准喻人

## 事件追踪

庞士元来到吴地，吴地人都来和他交朋友。

他见到陆绩、顾劭、全琮，对他们加以评论。

陆先生是所谓的劣马，但依然能疾行快跑；顾先生是所谓的笨牛，但可以负重远行。

　　庞士元用马和牛两种动物比喻陆绩和顾劭。以速度来说，马跑得比较快；但以任重道远来说，牛却能缓慢从容抵达。

　　其实，两种动物各有各的长处。能够肩担大任固然令人赞赏，不过衡量情况，不要超出自己所能负荷也相当重要。

# 诸葛三杰哪家强

诸葛瑾、弟亮及从弟诞,并有盛名,各在一国。于时以为蜀得其龙,吴得其虎,魏得其狗。诞在魏,与夏侯玄齐名;瑾在吴,吴朝服其弘量。

**积累:**

**诸葛瑾**:字子瑜,诸葛亮之兄。

**亮**:诸葛亮。

**从弟**:堂弟,族弟。

**诞**:诸葛诞,字公休,诸葛瑾的族弟。

# 独家爆料

## 阴谋？巧合？诸葛三兄弟，为何在三个国家效力？

诸葛瑾、弟弟诸葛亮，还有堂弟诸葛诞，在当时都有响亮的名声，各自在一国服务。

## 事件追踪

当时的人认为蜀国得到其中的龙，吴国得到其中的老虎，魏国得到其中的狗。

## 现场直击 HD

三国打了这么久，三兄弟从未兵戎相见，要说没透风，我是不信的。蜀汉和东吴结盟时，诸葛兄弟可是起到了关键作用。

三兄弟给三位老板打工，想想就觉得有阴谋，定是诸葛家族内部的战略部署，毕竟哪位老板能赢谁都说不准，投资不能放在一个篮子里。

事情不简单，夷陵蜀吴开战时，据说诸葛瑾和诸葛亮暗通款曲呢！

**阴谋论**

**VS**

诸葛瑾促成吴和蜀联盟，是因为这有利于吴国对外政策。

他们虽然是三兄弟，但是各自的理想和机遇不同，各自挑老板，实现各自的抱负。乱世就是这样，主公最看重的是人才，谋士最讲究的是忠君。

东汉末年诸葛家族早就没落了，谁还有控场能力下这么一盘惊天大局？再说，因为战乱，三兄弟早就离散在不同国家，他们就近上班也是很正常的。

关于诸葛瑾暗通款曲的事，这是污蔑！老板孙权都亲自站出来澄清了！

**巧合论**

# 各有各的优点

明帝问谢鲲:"君自谓何如庾亮?"答曰:"端委庙堂,使百僚准则,臣不如亮;一丘一壑,自谓过之。"

**积累:**

**谢鲲**:谢安的伯父,行事豪放不羁,当时很有名气,并把他和庾亮相提并论。

**何如**:与……相比怎么样。

**端委**:穿着朝服。

**庙堂**:朝廷。

**准则**:学习,效法。

**一丘一壑**:指山水,比喻寄情山水。

# 魏晋头条：工作能力不如他，游山玩水样样强

## 事件追踪 HD

你认为自己和庾亮相比起来怎么样？

用礼法管理朝廷，使百官效法，臣不如庾亮；至于寄情于山水的志趣，自以为超过他。

明帝　谢鲲

## 记者述评

 **网友：** 当别人拿你和他人比较的时候，从谢鲲身上可以学到什么？

来自刘义庆老家　　　　　　　　　　　　　2333

 **灿烂：** 谢鲲首先会欣赏别人的优点，坦诚自己的缺点，认为自己在政事方面不如庾亮，但也不妄自菲薄，看到自己也有胜过庾亮的地方。

# 真性情的王蓝田

王丞相辟王蓝田为掾,庾公问丞相:"蓝田何似?"王曰:"真独简贵,不减父祖;旷然澹处,故当不如尔。"

**积累:**

**王丞相**:王导。

**王蓝田**:王述,袭爵蓝田侯,因此得名。

**何似**:如何,怎样。

**真独简贵**:率真孤傲,矜持自重。

# 魏晋头条 没有对比就没有伤害

## 事件追踪 HD

丞相王导征召王蓝田当属官。

庾亮：王蓝田这个人怎么样？

王导：他率真孤傲，矜持自重，不比他的父亲、祖父差，但旷达、淡泊这部分，当然还是比不上的呀。

记者灿烂：咳咳，王导这句话的言外之意是，王蓝田够坦率，可惜心胸不够宽阔。

# 懒得和你比

桓公少与殷侯齐名,常有竞心。桓问殷:"卿何如我?"殷云:"我与我周旋久,宁作我。"

**积累:**

**殷侯**:殷浩,字渊源,东晋大臣,爱清谈,与大司马桓温不和。

# 魏晋头条：怼人先自嘲，宁愿做我自己

## 事件追踪

桓温年轻时和殷浩齐名，所以常有一种竞争的心态。

你和我相比，谁更强？（桓温）

我和我自己商量了很久，我宁愿做自己。（殷浩）

记者灿烂：桓温长期把殷浩当作竞争对象，因此问了他们俩谁比较厉害的问题。殷浩却淡淡地回答："我宁愿做自己。"从殷浩的回答可以看出，他在意的并不是胜负，而是能否做自己，能否超越自我。这番对答不但不伤和气，也能表达殷浩心中所想。

# 警惕"小喇叭"

有人问谢安石、王坦之优劣于桓公。桓公停欲言,中悔,曰:"卿喜传人语,不能复语卿。"

**积累:**

**谢安石**:谢安,后世称谢太傅、谢东山。
**王坦之**:字文度,曾和谢安一同对抗桓温。
**桓公**:桓温。

# 独家爆料

## 能令大将军桓温欲言又止、后悔不已的人，竟然是他！

有人向桓温问谢安石和王坦之两人的优劣。桓温正要说，中途后悔了。

### 记者述评

 **网友：** 为什么"小喇叭"会被大家讨厌？

来自刘义庆老家　　　　　　　　　　　2333

 **灿烂：** "小喇叭"代表他会把别人说过的话到处传播，可能一不小心就把他人的隐私曝光。因此，与其做一个长舌的人，不如做一个守口如瓶的人。

# 沉默是金

王黄门兄弟三人俱诣谢公，子猷、子重多说俗事，子敬寒温而已。既出，坐客问谢公："向三贤孰愈？"谢公曰："小者最胜。"客曰："何以知之？"谢公曰："吉人之辞寡，躁人之辞多。推此知之。"

**积累：**

**王黄门**：王徽之，字子猷，王羲之的第五子，官至黄门侍郎，故称。

**谢公**：谢安。

**子重**：王操之，王羲之的第六子。

**子敬**：王献之，王羲之的第七子。

**寒温**：寒暄，说客气话。

**向**：刚才。

**愈**：胜过。

**小者**：指幼子王献之。

# 独家爆料 越是安静的人，内心越有力量

## 事件追踪

黄门侍郎王子猷兄弟三人一同去拜访谢安，子猷和子重大多说些日常事情，子敬不过寒暄几句罢了。

三人走了以后，在座的客人问谢安。

## 大吃一惊

### 王羲之家的"葫芦娃"

故事中的三兄弟是著名书法家王羲之的儿子。其实,王羲之总共有七个儿子,并且个个天赋异禀,书法成就斐然。

# 说话的艺术

桓玄问刘太常曰:"我何如谢太傅?"刘答曰:"公高,太傅深。"又曰:"何如贤舅子敬?"答曰:"楂梨橘柚,各有其美。"

**积累:**

**刘太常:** 刘瑾,字仲璋(zhāng),曾任太常卿。他母亲是王羲之的女儿王孟姜。

# 魏晋头条 面对大反派提问,如何把送命题变成送分题?

## 坊间小料

### 不怕反派坏，就怕反派有才还长得帅

桓玄出身于东晋四大家族之一的谯（qiáo）国桓氏，是个官二代，父亲是大将军桓温，由于他自小聪明可爱，很受桓温宠爱，因此桓温去世后，年仅5岁的桓玄便越过前面5位兄长，继承了父亲的爵位。

桓玄长大后开始"发光发亮"，不仅相貌奇伟、风神疏朗，而且文韬武略，精通琴棋书画，写得一手好文章。然而，朝廷忌惮桓家的野心，并不重用桓玄，桓玄不得志地长叹："父为九州伯，儿为五湖长，不亦耻乎。"

我的父亲曾是九州的老大，而我却不过是五湖的小管事，太耻辱了！

但桓玄硬是凭着过人的才能和胆识，逐渐丰满羽翼、掌控朝政。桓玄执政后，每天勤于政事、擢用俊贤，把国家治理得井井有条。

403年，桓玄逼迫晋安帝禅位，改国号为楚，史称桓楚。

## 短命人生和短命王朝

然而，桓玄登基后，伪装就撕开了，不仅不励精图治，反而广征民役，使民怨沸腾。据说，桓玄穷奢极欲，一天能吃几十斤肉，导致体重一路飙升到500多斤，再也不是曾经那个眉清目秀的少年郎。

404年，大将军刘裕起兵讨伐。桓玄这位乱臣贼子被当众砍掉脑袋，终年36岁。从创建王朝到死于非命，桓玄只做了八十几天的皇帝。

## 虽然很坏，但还是有点作用

东汉蔡伦改进造纸术，虽然纸张得到推广使用，但竹简书写历史悠久，还有大批靠着制简业糊口的百姓，朝廷仍采用简牍。桓玄登位后，他也不管民生问题，直接一刀切，规定用纸代替竹简，使得纸张不仅在民间流通，也成为官方文件的载体。所以，纸得以发展不仅要感谢蔡伦，还要感谢桓玄。

# 高情商的劝谏术

京房与汉元帝共论,因问帝:"幽、厉之君何以亡?所任何人?"答曰:"其任人不忠。"房曰:"知不忠而任之,何邪?"曰:"亡国之君各贤其臣,岂知不忠而任之?"房稽首曰:"将恐今之视古,亦犹后之视今也。"

**积累:**

**京房**:西汉学者,因为孝廉被举荐为皇帝的侍从官。

**汉元帝**:刘奭,在位期间宠信宦官,导致朝政混乱,西汉走向衰落。

**幽、厉之君**:周幽王、周厉王,他们都荒淫残暴。

**稽首**:古时的一种礼节,跪下,拱手至地,头也至地。

# 独家爆料 这样说，对方才会听

## 事件追踪

京房和汉元帝一起谈论。

京房：周幽王和周厉王这样的国君为什么会亡国？他们任用的是怎样的人？

汉元帝：他们任用的人不忠。

京房：知道不忠还要任用他们，是为什么呢？

汉元帝：亡国之君各自认为他们的臣子是贤能的，哪里知道他们不忠还任用他们呢？

汉元帝：恐怕我们今人看古人，也像后人看今人一样呢。

　　京房借由询问周幽王、周厉王底下大臣的为人，引导汉元帝理解亡国之君无法察觉大臣不忠心，再委婉劝谏，汉元帝应以历史事件为诫，能知人善任。

# 钱财让人心慌慌

王夷甫雅尚玄远，常嫉其妇贪浊，口未尝言"钱"字。妇欲试之，令婢以钱绕床，不得行。夷甫晨起，见钱阂行，呼婢曰："举却阿堵物！"

**积累：**

**王夷甫**：王衍，字夷甫，琅琊郡临沂县（今山东省临沂市）人。西晋重臣，玄学清谈领袖。

**尚**：崇尚。

**玄远**：玄妙高远，指超凡脱俗的境界。

**其妇贪浊**：王衍的妻子郭氏是贾后的亲戚，贪财。

**阂**：阻碍，阻隔。

**行**：去路。

**举却**：拿掉。

**阿堵**：这个，六朝人口语。

# 魏晋头条  竟然有人不爱钱？

### 事件追踪

王夷甫崇尚高深奥妙的玄理，常常讨厌他妻子郭氏贪财的行事作风，所以从没有把"钱"这个字说出口。

他妻子想试探他，命令奴婢将许多的钱围绕在床边，让王夷甫无法下床。王夷甫早上起来时，看到钱阻碍他的行动，呼叫奴婢。

## 古之见闻录

"阿堵物"本义为这个东西。由于王夷甫的故事,"阿堵物"从此成了"钱"的别名,并且带有轻蔑的意味。旧时人们还以"口不言钱"作为成语,形容清高廉洁,不讲钱财。

你知道钱还有哪些称呼吗?

### 孔方兄

古时的铜钱中间常有一个方形的孔洞,于是人们就把钱币既尊敬又玩笑地称为"孔方兄"。

没有孔方兄是万万不能的。

### 盘缠

"孔方兄"太多难以携带,怎么办呢?人们常用绳索将一千个钱币成串吊起来,出远门办事时,把这些笨重的成串铜钱盘起来缠绕腰间,以方便携带。于是就有了"盘缠"和"腰缠万贯"的说法。但在古代从来没有富豪真正做到腰缠万贯,这是因为那么多铜钱太重了,目标太大也容易被偷被抢。

## 邓通

西汉时有个叫邓通的人，擅长划船，被征召到皇宫里做了黄头郎，专职掌管行船。

有一天，汉文帝做了个怪梦，梦见自己要上天，使尽力气却上不去，有个黄头郎推了他一把，他就上天了。醒来后，汉文帝到处查访，见到邓通，认为他就是梦中的黄头郎。汉文帝开心地赏赐他许多财产，并封他做官。

汉文帝派人帮邓通看相。

汉文帝允许邓通自行铸造钱币，自此"邓氏钱"流行天下，而"邓通"也成了钱的别称。

# 悍妇不可说也

王平子年十四五，见王夷甫妻郭氏贪，欲令婢路上儋粪。平子谏之，并言不可。郭大怒，谓平子曰："昔夫人临终，以小郎嘱新妇，不以新妇嘱小郎。"急捉衣裾，将与杖。平子饶力，争得脱，逾窗而走。

**积累：**

**儋粪**：挑粪。

**夫人**：太夫人，指婆婆。

**小郎**：丈夫的弟弟。

**嘱**：嘱咐，托付。

**新妇**：女子自称。

**急捉**：很快地抓住。

**裾**：衣服的大襟，也指衣服的前后部分。

**饶力**：富有力气。

# 魏晋头条 贪婪界奇葩，连大街上的马粪都不放过！

**事件追踪** HD

王平子十四五岁时，看见哥哥王夷甫的妻子郭氏很贪婪，竟然还让婢女到路上捡马粪。

王平子力气大，挣扎脱身，急忙跳窗逃走了。

# 大师的格局

远公在庐山中,虽老,讲论不辍。弟子中或有堕者,远公曰:"桑榆之光,理无远照。但愿朝阳之晖,与时并明耳。"执经登坐,讽诵朗畅,词色甚苦。高足之徒,皆肃然增敬。

**积累:**

**堕者**:同"惰者",懒惰的人。
**桑榆之光**:落日照在桑树、榆树上的余晖,比喻老年时光。
**朝阳之晖**:初升太阳的光辉,比喻年少时光。
**词色**:同"辞色",言辞和表情。
**苦**:恳切。
**高足**:汉朝驿站设有高足、中足、下足三种等级的马。高足为上等快马,所以后世用它来比喻才华出众者,或用来尊称弟子。

## 魏晋头条　愿桑榆之光，能让朝阳之辉更加明亮

### 事件追踪 HD

慧远和尚住在庐山中，虽然年老，仍然讲说佛经，不肯停止。

慧远和尚

弟子里面有懒惰的人，慧远就加以劝说。

我像照在桑树、榆树上的落日余晖，按理照不了很久了。但我希望你们像早晨初升的阳光，越来越明亮。

说完，慧远手拿着佛经，登上讲坛，朗诵经典，声音响亮流畅，言辞神色恳切异常。高足弟子更加肃然起敬。

规箴

## 坊间小料

### 三位男士的迷之大笑

慧远在庐山东林寺修行,为了潜心研究佛法,立誓:"影不出山,迹不入俗,送客不过虎溪桥。"

一天,陶渊明、陆修静上庐山拜访慧远。陶渊明是著名儒学家,陆修静是道教大师,慧远则是释家高僧,这儒、道、释三位高人一路谈笑风生,颇为忘情,一不小心就越过了虎溪。意识到后,三人相视,突然纵情大笑。

"虎溪三笑"反映了儒、释、道三家相互交融的和谐景象,成为千古美谈。

# 自愿做你的猎物

桓南郡好猎，每田狩，车骑甚盛，五六十里中，旌旗蔽隰，骋良马，驰击若飞，双甄所指，不避陵壑。或行陈不整，麏兔腾逸，参佐无不被系束。桓道恭，玄之族也，时为贼曹参军，颇敢直言。常自带绛绵绳著腰中，玄问："此何为？"答曰："公猎，好缚人士，会当被缚，手不能堪芒也。"玄自此小差。

**积累：**

**桓南郡**：桓玄，恒温的儿子。

**隰**：低湿的地方。

**双甄**：队列的左右两翼。

**麏**：獐子。

**参佐**：下属官吏。

**系束**：捆绑。

**贼曹参军**：参军是州府的属官，贼曹是参军手下的一个办事部门。

**会当**：总会，总要。

**芒**：芒刺。

# 魏晋头条

## Boss 桓玄生气了：绑不到猎物，就绑你们！

### 事件追踪 HD

南郡公桓玄喜欢打猎。每逢打猎，车马很多，五六十里的范围内，旗帜铺天盖地。良马奔驰，追击如飞；两侧队伍所向之处，山坡山沟，概不回避。

有时队伍不整齐，或让獐子、野兔等野物逃脱了，下属官吏没有不遭受捆绑的。

桓道恭是桓玄的族人，当时担任参军，勇于直率地讲话，出去打猎时常带着一条红绵绳绑在腰上。

从此以后，桓玄稍微有所收敛。

# 贪吃无罪，一人一口

人饷魏武一杯酪，魏武啖少许，盖头上题"合"字以示众。众莫能解。次至杨修，修便啖曰："公教人啖一口也，复何疑？"

**积累：**

**饷**：送。

**魏武**：魏武帝曹操。

**盖头**：覆盖用的丝麻织品。

**杨修**：字德祖，为人恭敬好学，博学多才，建安年间任曹操的主簿。

# 独家爆料 如何应对老板的特殊爱好?

# 才华差了三十里

魏武尝过曹娥碑下,杨修从,碑背上见题作"黄绢幼妇,外孙齑臼"八字。魏武谓修曰:"解不?"答曰:"解。"魏武曰:"卿未可言,待我思之。"行三十里,魏武乃曰:"吾已得。"令修别记所知。修曰:"黄绢,色丝也,于字为'绝';幼妇,少女也,于字为'妙';外孙,女子也,于字为'好';齑臼,受辛也,于字为'辞'。所谓'绝妙好辞'也。"魏武亦记之,与修同,乃叹曰:"我才不及卿,乃觉三十里。"

**积累:**

**别**:另外。

**齑臼**:捣碎辛辣食物的石臼。

**受辛**:指石臼要承受辛辣之味。

**觉**:通"较",相去,相差。

# 独家爆料 接上回，继续猜谜！

## 事件追踪 HD

曹操曾经在曹娥碑下经过，杨修跟随着他，碑的背面题了"黄绢幼妇，外孙齑臼"八个字。

> 黄绢是有色的丝，可组成"绝"字；幼妇是少女，便是"妙"字；外孙是女儿的儿子，能组合成"好"字；齑臼，是盛放辛辣之物的用具，是"辞"字。合起来就是"绝妙好辞了"。

> 曹操便让杨修把知道的另记下来，曹操也记下他所知道的，和杨修完全一样。

> 我的才能不如你，竟然相差了三十里。

## 古之见闻录　绝妙好辞的由来

相传东汉时期，上虞（今属浙江）有一位名叫曹娥的女子。她的父亲在江中溺水，年仅14岁的曹娥昼夜沿着江水呼喊父亲的名字，却遍寻不到。于是，曹娥跳入江中寻父，最后从江中抱出了父亲的尸骸。

当时上虞县令度尚被曹娥的孝心深深感动，于是请邯郸淳为曹娥写碑文，这篇纪念文精妙之至。传说大经学家蔡邕在流亡途中看完曹娥碑，就在碑的背面，题上"黄绢幼妇，外孙齑臼"八字，众人始终不解，一直到杨修才解出，原来蔡邕对曹娥碑的评价是"绝妙好辞"！

72　别笑！这是世说新语

## 五道字谜，请你来猜！

1. 金字塔　　2. 半部春秋　　3. 千里相逢
4. 木兰无长兄　　5. 打雷不下雨

答案：1. 鑫 2. 秦 3. 重 4. 朵 5. 田

## 汉字拆合的艺术

　　杨修运用汉字析字格的特性，解读出曹娥碑背面评语想要表达的意思。析字格就是把文字加以拆解、整合的一种方法。这是汉字独具的美感。

　　清朝末年，才子刘廷桂和朋友一起游泰山时，在石头上题下"虫二"二字。杭州西湖湖心亭上有个"虫二"碑，相传是乾隆夜游湖心亭时被美景吸引，亲笔题下。

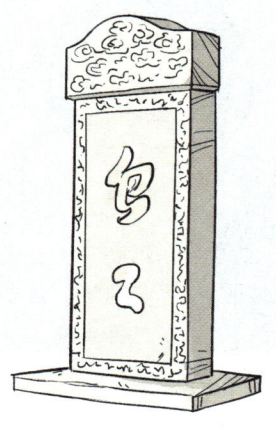

　　"虫二"这两个字究竟是什么意思？原来它们指的是"风月无边"。"风（繁体为風）"字是在"虫"外加边框，"月"去掉边框则是"二"。"风月无边"即景色美好、身心舒畅的意思。

## 坊间小料
### 领导的心思不要随便猜

聪明绝顶的杨修多次猜出曹老板的字谜，获得赞赏，你以为故事这就完了？不不不，那可是多疑、善妒又爱显摆的曹操啊，这样的领导怎么会愿意自己的真实想法一而再，再而三地被属下看破呢？而杨修又偏偏是智商爆表、情商为负的直男。

一次，曹操与刘备对峙汉中，两军相持不下。连日阵雨，粮草将尽，曹操心生烦恼，正呆呆地看着碗内鸡肋，这时士兵来帐中问晚间的口令。

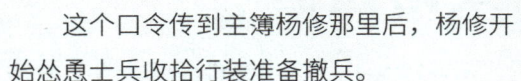

这个口令传到主簿杨修那里后,杨修开始怂恿士兵收拾行装准备撤兵。

曹操得知大怒。

# 思念比太阳还远

晋明帝数岁,坐元帝膝上。有人从长安来,元帝问洛下消息,潸然流涕。明帝问何以致泣,具以东渡意告之。因问明帝:"汝意谓长安何如日远?"答曰:"日远。不闻人从日边来,居然可知。"元帝异之。明日,集群臣宴会,告以此意,更重问之。乃答曰:"日近。"元帝失色曰:"尔何故异昨日之言邪?"答曰:"举目见日,不见长安。"

**积累:**

**晋明帝**:司马睿长子司马绍,东晋第二位皇帝。

**元帝**:指晋元帝司马睿,是东晋的第一位皇帝。

**洛下**:洛阳,晋朝故都。

**潸然**:流泪的样子。

**东渡**:西晋灭亡,大批士人自江北避难江东。

**居然**:显然,自然。

**乃**:竟。

**失色**:大惊失色。

# 魏晋头条

## 长安远，还是太阳远？

**事件追踪**

"您为什么哭泣？"

晋明帝

晋元帝

"他让我想起了被迫离开故土的往事。五胡入侵，长安、洛阳等城被攻陷，我们不得已逃到长江南避难。你说长安和太阳比哪一个远？"

"太阳远。有人从长安来，却没听说有人从太阳那边来，显然可知太阳远。"

晋明帝还是几岁时，坐在父亲元帝膝上。有人从长安来，元帝问他洛阳那里的消息，听后流下眼泪。

元帝对他的回答感到惊讶。第二天，元帝召集大臣举行宴会，把明帝说的意思告诉大家，又重新问明帝。

"你为什么和昨天说的不同呢？"

"太阳近。"

"因为抬头看得见太阳，却看不见长安。"

明帝第一次回答"日远"，是基于正常逻辑，从空间距离上判断太阳比较远。明帝第二次回答"日近"，是心境感受的远，表示故国与山河已经失去，想见到长安比见到太阳还难。

# 老将的牢骚

王处仲每酒后,辄咏"老骥伏枥,志在千里。烈士暮年,壮心不已"。以如意打唾壶,壶口尽缺。

**积累:**

**辄**:就。
**枥**:马槽。
**烈士**:有建功立业之志向的人。
**唾壶**:痰盂。

# 魏晋头条：敲着盂盆吟着诗，落寞的心事谁人知？

## 事件追踪 HD

王敦每次喝酒之后，就会吟咏曹操的诗作。

神龟虽寿，犹有竟时；
腾蛇乘雾，终为土灰。
老骥伏枥，志在千里；
烈士暮年，壮心不已。

盈缩之期，不但在天；
养怡之福，可得永年。
幸甚至哉，歌以咏志。

一手拿着玉器敲打痰盂，把壶口的边缘都敲缺角了。

## 记者述评

灿烂：王敦出身于琅琊王氏，与堂弟王导都是东晋建国的功臣。但王敦个性桀骜不驯，皇帝对领有重兵的王敦起了疑心，因此派官员牵制他，此举引发王敦不满，于是产生"老骥伏枥，志在千里。烈士暮年，壮心不已"的感叹。后人用王敦"唾壶敲缺"来形容心情忧愤或情绪激昂。

# 曹操的容貌焦虑

魏武将见匈奴使,自以形陋,不足雄远国,使崔季珪代,帝自捉刀立床头。既毕,令间谍问曰:"魏王何如?"匈奴使答曰:"**魏王雅望非常,然床头捉刀人,此乃英雄也。**"魏武闻之,追杀此使。

**积累:**

**雄**:称雄,威慑。

**间谍**:侦探。

# 独家爆料

## 曹操因容貌不自信竟然找枪手，匈奴使者能否识破？

魏武帝曹操准备接见匈奴使者，自认为相貌丑陋，不足以震慑远方国家，便让崔季珪代替他，自己则握着刀站在坐榻旁边。

接见后，曹操派密探去问使者。

**HD 事件追踪**

容止

### 记者述评

**网友：** 曹操知道匈奴使者的想法后，为何派人追杀他？
来自刘义庆老家　　　　　　　　　　　　　　　2333

**灿烂：** 有人认为是曹操心胸狭隘，匈奴识破自己的"调包计"，因此恼羞成怒。有人认为是曹操觉得匈奴使者目光锐利，不是等闲之辈，如果贸然放回去，可能会对国家不利。你觉得呢？

## 坊间小料　　曹操也玩"文字狱"

　　曹操被封为魏王时，杨训上表称赞曹操的功绩，被人嘲笑是逢迎权势，崔季珪写信安慰杨训："省表，事佳耳！时乎时乎，会当有变时。"大意是说，读了杨训表文，（曹操）事情办得不错罢了。时代啊时代啊，总是会改变的。

　　曹操却大怒，认为"耳"的意思是"罢了"，不是什么好词，"会当有变时"则是嘲讽自己竟然称了魏王。于是判处崔季珪髡（kūn）刑（把头发剃光）。

　　但崔季珪性格刚正，剃头后瞪着眼睛直视访客，曹操又臆想崔季珪这是心有怨恨，就赐死了他。

# 夸人帅的文学新高度

嵇康身长七尺八寸,风姿特秀。见者叹曰:"萧萧肃肃,爽朗清举。"或云:"肃肃如松下风,高而徐引。"山公曰:"嵇叔夜之为人也,岩岩若孤松之独立;其醉也,傀俄若玉山之将崩。"

**积累:**

**萧萧肃肃**:潇洒清朗。

**清举**:清高俊逸。

**高而徐引**:高远而舒缓悠长。

**山公**:山涛,竹林七贤之一。

**岩岩**:高大,高耸。

**傀俄**:同"巍峨"。

# 魏晋头条 帅到玉山塌下来，是一种怎样的颜值？

## 事件追踪 HD

嵇康身高七尺八寸（约是今天的1.9米），无论风度或姿态都非常出众。

他举止潇洒脱俗，气质豪爽清逸。

他像松树间飒飒作响的风声，高远而舒缓悠长。

嵇康的为人，像挺拔的孤松傲然独立；他的醉态，像高大的玉山快要倾倒。

山涛

嵇康

## 坊间小料

### 打最硬的铁，做最刚的人

对于嵇康，大家最熟知的大概就是他擅弹《广陵散》。其实，嵇康会的远不止弹琴，他身上有很多头衔，思想家、文学家、书法家、画家……可是，这么优秀的嵇康却并不怎么在意，他的人生追求就是过自由散漫的生活，比如约上二三知己去竹林弹琴，比如光着膀子打铁。

对，你没看错，打铁。俗话说世上三大苦：打铁、撑船、磨豆腐。很难想象，一个会弹琴写诗的文人会热爱打铁。嵇康喜欢在自家院子的柳树下打铁，他的好友向秀帮他拉风箱，过着幸福的小日子。

嵇康非常讨厌官场，当他的好兄弟山涛荐举他出来做官，他立马写了一篇小作文《与山巨源绝交书》，把山涛痛骂了一顿。

然而，嵇康临死前既没有把一双儿女托付给哥哥嵇喜，也没托付给好友阮籍，而是托付给了已经绝交的山涛。

### 美貌会遗传

嵇康还把优良基因遗传给了儿子嵇绍。嵇绍刚到洛阳时，站在众人间，气宇轩昂，恰如鹤立在鸡群中。王戎听后笑笑说："那是因为你不曾见过他父亲。"言外之意是说嵇康比儿子更帅，这就是成语"鹤立鸡群"的典故。

# 古代也有外貌协会

潘岳妙有姿容，好神情。少时挟弹出洛阳道，妇人遇者，莫不连手共萦之。左太冲绝丑，亦复效岳游遨。于是群妪齐共乱唾之，委顿而返。

**积累：**

**姿容**：外貌，仪容。

**神情**：神态风度。

**弹**：弹弓。

**萦**：围绕。

**妪**：古代妇女的通称。

**委顿**：颓丧，疲困。

# 魏晋头条 不在颜值中发光，就在才华中发热！

## 事件追踪

潘岳身姿容貌出众，神情风度美妙。

潘岳少年时拿着弹弓走在洛阳的街道上，妇女们遇到他，都会牵着手围观他。

左思相貌极丑，也模仿潘岳出游，结果妇女们一齐朝她乱吐口水，他只好垂头丧气地回来。

### 持续追踪 HD

## 用才华武装自己，貌丑也能逆袭！

左思从小家境就很贫寒，还有口吃的毛病，甚至有些呆傻，加上相貌丑陋，受到很多人的歧视和嘲笑，可以说一出生就输在了起跑线上。不过左思坚信勤能补拙，因此用比常人更多的努力学习。这就是"左思补拙"的典故。

左思还带着貌丑的妹妹左棻（fēn）一起苦读，经过多年学习，左棻成了远近闻名的才女，还因才情被晋武帝看中，成了皇帝的妃子。左家家境也因此好转。

左思有多努力呢？他在撰写《三都赋》时，为了专心写作，在家门口、庭院里、厕所里，摆放笔和纸，想出一句，马上就记录下来。为了作品的真实性，他专门拜访专家，又亲自到蜀都、吴都、魏都去实地调查，耗费了近十年的心血，才写出《三都赋》这篇文学巨著。

《三都赋》一经流传，很快风靡整个洛阳城，由于当时还没有印刷术，人们只能互相抄阅流传，而抄写的人实在太多，洛阳的纸张甚至供不应求，导致全城纸价大幅度上升。"洛阳纸贵"由此而来，现在用来比喻文章广为流传。

也许拥有姣（jiāo）好的外貌可以带来良好的第一印象，但容貌只是外在，左思用实力证明哪怕出身卑微，长相丑陋，也可以靠着才华赢得荣誉。

# 恶棍竟是我自己

周处年少时,凶强侠气,为乡里所患。又义兴水中有蛟,山中有邅迹虎,并皆暴犯百姓。义兴人谓为"三横",而处尤剧。或说处杀虎斩蛟,实冀三横唯余其一。处即刺杀虎,又入水击蛟。蛟或浮或没,行数十里。处与之俱,经三日三夜,乡里皆谓已死,更相庆。竟杀蛟而出,闻里人相庆,始知为人情所患,有自改意。

乃入吴寻二陆,平原不在,正见清河,具以情告,并云:"欲自修改,而年已蹉跎,终无所成。"清河曰:"古人贵朝闻夕死,况君前途尚可。且人患志之不立,亦何忧令名不彰邪?"处遂改励,终为忠臣孝子。

> **积累:**
>
> **凶强侠气**:横行霸道,爱寻衅滋事。
> **蛟**:鳄鱼。
> **邅迹虎**:跛足老虎。
> **暴犯**:糟蹋侵害。
>
> **剧**:厉害。
> **说**:劝说,唆使。
> **蹉跎**:虚度光阴。
> **令名**:美好的名声。

## 魏晋头条  浪子回头：狠起来连自己都能干掉！

### 事件追踪

周处年轻时，凶暴强悍，爱寻衅滋事，被乡里认为是祸害。加上义兴郡河里有鳄鱼，山上有跛足的老虎，一起危害百姓。义兴人把他们叫作"三害"，而周处的危害尤为大。

有人劝周处去斩杀老虎和蛟龙，其实是希望三害中只剩下一个。

周处立刻上山刺杀了老虎。

又下河去斩杀蛟龙,蛟龙时而浮出水面,时而潜入水底,游了几十里,周处始终和蛟龙在一起搏斗。

经过三天三夜，乡亲们都以为周处死了，互相庆贺。

没想到周处竟然杀死蛟龙，从水里出来了。周处听说乡亲互相庆贺，才知道自己是人们所痛恨的人，因此，有了悔改的心意。

于是，周处到吴郡寻找陆机、陆云兄弟。陆机不在家，只见到陆云，周处就把详细的情况全都告诉陆云。

周处于是改正错误，努力奋勉，终于成为忠臣孝子。

浪子回头金不换，周处的故事激励了许多误入歧途的少年，让他们看见前途的曙光。你从周处的故事得到了哪些启发呢？请从这个故事中，找出周处的三个优点。

# 别笑!这是世说新语

## 03 奇闻趣事

洋洋兔 编绘

石油工業出版社

## 图书在版编目（CIP）数据

别笑！这是世说新语 / 洋洋兔编绘 . -- 北京：石油工业出版社，2023.3

ISBN 978-7-5183-5762-8

Ⅰ.①别… Ⅱ.①洋… Ⅲ.①《世说新语》—青少年读物 Ⅳ.① I207.419-49

中国国家版本馆 CIP 数据核字（2023）第 006596 号

---

别笑！这是世说新语-03奇闻趣事
洋洋兔 编绘

选题策划：王　昕　黄晓林
责任编辑：王　磊　王之源
责任校对：刘晓婷
出版发行：石油工业出版社
　　　　（北京安定门外安华里2区1号 100011）
　　　网　　址：www.petropub.com
　　　编辑部：(010)64523616　64252031
　　　图书营销中心：(010)64523731　64523633
经　　销：全国各地新华书店
印　　刷：河北朗祥印刷有限公司

2023年3月第1版　　2023年3月第1次印刷
710毫米×1000毫米　开本：1/16　印张：18.5
字数：260千字

定　　价：120.00元（全3册）
（图书出现印装质量问题，我社图书营销中心负责调换）
版权所有　翻印必究

# 文言文启蒙，就选《世说新语》

给孩子看的古文书籍，应该短小有趣富有哲理，深入浅出，读起来朗朗上口。南朝刘义庆写的志人小说集——《世说新语》最合适不过了。

志人小说是指记述人物的轶闻琐事、言谈举止的小说。《世说新语》主要记述的是发生在东汉末年到魏晋期间的人物故事。那是怎样一个时期呢？

**东汉** 东汉末年，外戚和宦官争夺权力，把国家搞得乌烟瘴气，各地军阀纷纷起义，混战了几十年。

**三国** 曹魏、刘蜀、孙吴三足鼎立，继续混战。

**西晋** 西晋国内叛乱不断，国外胡人入侵，最后也是被迫弃家逃亡，躲到南方建立了东晋。

**东晋** 东晋依旧内忧外患，战战兢兢地过了百年，直到被刘义庆的大伯刘裕灭掉。

几百年的政局混乱、黑暗腐败中，敢站出来议论时政的文人纷纷被害，成为政治斗争中的牺牲品。

在这样极其险恶的时代背景下，名士们被迫回避残酷的现实，转而议论玄言佛理，寄情山水，放达任性，风流自赏，以此摆脱社会压力和精神苦闷。他们就是在《世说新语》中闪亮登场的主角团队。

上至帝王将相，下至隐士百姓，《世说新语》中涉及的人物共 1500 多个。不羁世俗的"竹林七贤"、从容雅量的谢安、任性旷达的的王羲之……他们代表的魏晋文人的精神，被称为"魏晋风度"或"魏晋风流"。

## 名士修炼手册

《世说新语》内容分为 36 个类别：

**德行、言语、政事、文学**等类，记载了大量忠孝仁爱的故事；

**方正、雅量、识鉴、赏誉、品藻、规箴、捷悟、夙惠、豪爽、容止、自新、企羡、伤逝**等类，从士人的才情理智、情感气度、言谈举止等方面褒扬魏晋的审美追求；

**栖逸、贤媛、术解、巧艺、宠礼、任诞、简傲、排调、轻诋、假谲、黜免、俭啬、汰侈、忿狷、谗险、尤悔、纰漏、惑溺、仇隙**等类，有褒有贬，即使在贬责中也饶有趣味地描绘出人物的真性情。

光洁清朗的容止、优雅从容的韵度、疏远深奥的才理、淡然超逸的性情，《世说新语》将魏晋时期几代士人的群像，全方位地刻画出来，展现出当时的人物风貌、思想、言行和社会风俗，因此，被称为一部"名士的教科书"。

书中不少故事，或成为后世戏曲小说的素材，或成为后世诗文常用的典故，在中国文学史上具有重要地位。

20 世纪 50 年代，翻译家傅雷先生给他远在欧洲学习音乐的儿子傅聪写信时，推荐他读《世说新语》。

## 作者刘义庆的真心话与大冒险

《世说新语》的主编刘义庆，出生于 403 年，是南北朝时期刘宋王朝开国皇帝刘裕的侄子。

这是我刘家的宝藏男孩！

刘裕非常赏识刘义庆，曾夸赞说"此我家之丰城也"，江西丰城曾出土干将、莫邪宝剑，丰城因此成为藏宝的代称。刘义庆的人生也仿佛开挂般，13岁受封为南郡公，15岁掌管国家图书馆，17岁当上副宰相。

然而，好景不长，刘裕去世后，几位皇子展开皇位争夺战，最终，刘义庆的堂弟刘义隆夺位，即宋文帝。宋文帝疑心病重，下手狠辣，杀害了很多拥位功臣和皇家宗室，刘义庆的处境也如履薄冰。

刘义庆不愿卷入皇室斗争，先后躲到荆州、江州一带当官。不少文人聚集在他门下，比如当时的名士袁淑、陆展、何长瑜、鲍照。据说宋文帝给刘义庆写信时，都要再三斟酌字句，生怕写得不好让刘义庆和他身边那帮文人笑话。

为了向宋文帝表明自己无心政治的真心，远离祸端，刘义庆搜集汉末到魏晋期间社会顶流的轶事趣谈，写成《世说新语》，表达自己只想学习魏晋名士自由潇洒、纵情山水的生活方式。

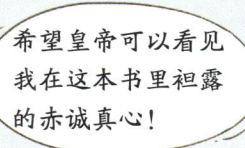

同样，在为现实而苦恼，遇到困难而失措无助时，在这场精神大冒险中，刘义庆也希望能够从文人的精神气质中，找到慰藉，获得应对困境的能力、平衡自我的旷达心态。

## 企羡
被夸的感觉真好　　1

## 伤逝
用他爱的方式与他告别　　4
我辈最是情深　　8
与君生别离　　10
至死不相见　　14
人琴俱亡　　18

## 栖逸
魏晋的口哨艺术　　20
各有各的快乐　　24

## 贤媛
被画师耽误的一生　　28

## 术解
马惜障泥　　30

## 巧艺
三根胡须的妙处　　32

## 宠礼
不敢和您抢 C 位　　36

# 目录

## 任诞
嗜酒如命　　38
喝酒吃肉,悲痛照旧　　43
不可一日无君　　47

### 简傲
是凤凰,还是凡鸟?　　49

### 排调
把口误圆回来　　51
古人也爱争排名　　54
脸上有山河　　56
满肚子学问晒一晒　　58

### 轻诋
清谈误国　　61

### 假谲
巧妙的心理暗示　　63

### 黜免
动物的亲情　　66

### 俭啬
王戎有好李　　68

### 汰侈
炫富的天花板　　70

### 忿狷
吃不到的鸡蛋　　74

### 谗险
好口才,也要好居心　　76

### 尤悔
误会引发的悲剧　　78

### 纰漏
都是贪吃惹的祸　　82

### 惑溺
古人也爱"撒狗粮"　　84

### 仇隙
明箭易躲,小人难防　　86

# 被夸的感觉真好

王右军得人以《兰亭集序》方《金谷诗序》,又以己敌石崇,甚有欣色。

**积累:**

**王右军:** 王羲之。

**《兰亭集序》:** 王羲之写的诗集序文。

**《金谷诗序》:** 西晋富豪石崇写的一篇序文。

**敌:** 匹敌。

## 魏晋头条：王羲之不小心听到别人议论自己，为何美滋滋？

### 事件追踪

王羲之得知别人把《兰亭集序》和《金谷诗序》相提并论，又把自己和石崇相匹敌，脸上颇有喜悦之色。

# 坊间小料

## 打开古代文人朋友圈——雅集

古代的文人雅士经常聚在一起诗酒唱和、游艺娱乐,这叫"雅集"。魏晋时期,较为著名的雅集要数石崇的"金谷园雅集"和王羲之的"兰亭雅集"。

公元296年,石崇在金谷园设宴,当时的名士潘岳、左思、陆机、陆云、刘琨都是座上宾。众人赋诗遣怀、歌舞笙箫。石崇写下轰动一时的《金谷诗序》。

公元353年的4月22日,王羲之和谢安、谢万、孙绰、王凝之、王徽之、王献之等文人雅士41人,在绍兴兰亭流觞曲水、畅叙幽情。王羲之触景生情,挥毫泼墨,一气呵成,写下名满天下的《兰亭集序》。

# 用他爱的方式与他告别

王仲宣好驴鸣。既葬,文帝临其丧,顾语同游曰:"王好驴鸣,可各作一声以送之。"赴客皆一作驴鸣。

**积累:**

**王仲宣**:王粲,字仲宣,建安七子之一。

**文帝**:魏文帝曹丕。

**同游**:同来的人。

**赴客**:来送葬的人。

# 魏晋头条　诡异，大文豪王粲的葬礼上为何都是驴叫？

## 事件追踪

王仲宣喜欢听驴子的叫声。他去世下葬时，曹丕参加他的葬礼。

于是，送葬的人都学了一声驴叫。

伤逝

## 坊间小料

### 乱世的图腾：建安七子

建安是东汉最后一位皇帝——汉献帝的年号。建安时期，曹操在群雄混战中统一北方，后外定武功，内兴文学，广纳贤士。以曹操、曹丕、曹植父子为中心，聚集了大批文人学士。当时，孔融、陈琳、阮瑀、徐干、王粲、应场和刘桢是文坛的北斗七星，史称"建安七子"。"建安七子"与曹家父子一起，成为建安文学的代表。

建安文人大都经历过战乱之苦，目睹过社会凋敝、尸骨横野的惨状。忧国忧民之情与报国无路的悲愤交织在一起，使文学创作具有慷慨悲凉的风格。"建安七子"中，文学成就最高的当属王粲，他被誉为"七子之冠冕"。

### 王粲为什么喜欢听驴叫？

王粲出身于名门望族，从小博闻强记。他可以读一遍就将石碑上的文章一字不差地背诵下来，可以把不小心碰乱的棋盘原样恢复，可以一气呵成一篇文章。当时最著名的儒学大师蔡邕见到这样的少年天才，激动地竟然连鞋子都穿反了。

按理说，一出生就赢在起跑线上的王粲，前途一片光明。然而上天非要给他使个绊，偏偏在魏晋这个异常看脸的时代，给他丑陋无比的相貌。史书记载，王粲"容状短小，一坐尽惊"。

后来，王粲因战乱投靠荆州的刘表。刘表倾慕王粲大名，打算收他做女婿。然而偶像效应丝毫不起作用，当刘表见到王粲的真容后，不仅没把女儿嫁给他，还安排给他一个闲职。王粲在刘表身边待了15年，活得既尴尬又窝囊。直到曹操平定荆州，王粲才受到曹老板的赏识。

才华把王粲捧上高峰，容貌又让他跌入谷底。这时候，如果不发泄发泄，很容易憋出内伤。刚好，驴的形象和困窘的落拓文人很像。几声压抑而亢奋的，甚至是有点儿声嘶力竭的驴叫，让压抑的情绪畅快发泄出来。

其实，不止王粲，魏晋文人普遍有怪癖，比如嵇康爱打铁，阮籍爱驾车狂奔，刘伶醉酒裸奔……他们用这种特立独行的方式，与污浊的社会对抗。

## 被瘟疫团灭的建安七子

研究建安七子，你会发现一个诡异的现象：
**徐干、陈琳、刘桢、应玚、王粲皆于公元 217 年卒。**

除了早逝的阮瑀和被曹操提前强行送下线的孔融，建安七子中的剩余 5 人均在公元 217 年去世。这一年发生了什么？

《后汉书》记载，公元 217 年发生了一次大规模的瘟疫。曹植在《说疫气》一文中描写当时的惨状："家家户户有死去亲友的尸体，到处都有悲痛哭嚎的声音，有的全家都染疫而死，有的整个宗族断绝。"据统计，东汉疫情爆发以前，全国大概有 5600 万人口，到公元 220 年前后，国家全部人口加起来还不足 1000 万，人口直接减少五分之四。

这一年，王粲感染瘟疫去世，曹丕亲率文士为他送葬，在一片驴叫声中，王粲获得了一生应有的尊重，"建安七子"的时代也宣告落幕。

## 我辈最是情深

戎丧儿万子，山简往省之，王悲不自胜。简曰："孩抱中物，何至于此？"王曰："圣人忘情，最下不及情。情之所钟，正在我辈。"简服其言，更为之恸。

**积累：**

**万子**：王绥，字万子。
**山简**：竹林七贤山涛的儿子。

# 魏晋头条：想哭就哭，和人设说再见

## 事件追踪

王戎死了儿子万子，山简前去探望他。王戎悲伤得无法承受。山简安慰他。

山简佩服王戎说的话，反而为他悲痛。

伤逝 **9**

# 与君生别离

支道林丧法虔之后,精神贾丧,风味转坠。常谓人曰:"昔匠石废斤于郢人,牙生辍弦于钟子,推己外求,良不虚也。冥契既逝,发言莫赏,中心蕴结,余其亡矣!"却后一年,支遂殒。

**积累:**

**支道林**:支遁。

**法虔**:晋时僧人,支道林的同学。

**贾丧**:指消沉、沮丧。

**风味**:风采,风貌神韵。

**转坠**:渐渐衰退。

**斤**:斧头。

**冥契**:指相互投合的知音。

## 魏晋头条 悲伤就像滚雪球，越想越忧愁

### 事件追踪

支道林在法虔过世之后，精神消沉，风采也渐渐衰退。

过去，匠石因为郢人过世不再用斧头，伯牙在钟子期过世后不再弹琴，以自己的体验去推想他人，确实不是虚假的。

——支道林

又来？

与我相契合的人已经离开人世，说话也无人欣赏，内心郁闷，我大概也要死了吧！

负能量退散！

过了一年，支道林去世了。

伤逝

# 古之见闻录

## 匠石运斤

这是出自《庄子》的故事。在楚国都城郢，一个人鼻尖上沾了像苍蝇翅膀一般薄的污点。

匠石抡起带着呼呼风声的斧头砍下去。结果污点完全除掉了，鼻子一点儿也没有受伤。郢人不仅脸色未变，连眼睛都没有眨一下。

宋元君听说这事后……

听说你能用斧子擦鼻子上的污渍而不伤害到鼻子，你再给我表演一遍。

我确实曾经砍过，但能让我施展技术的那个人已经死去很久了。

因而"匠石运斤"成为千年流传的成语，比喻知音难遇之感，知音往往终生不遇。

## 伯牙绝弦

高山流水遇知音，伯牙与钟子期由音乐成为至交。

后来，钟子期去世，伯牙痛失知音，最后一次弹了这首曲子，便把琴摔断再也不弹了。

# 至死不相见

王东亭与谢公交恶。王在东闻谢丧，便出都诣子敬道："欲哭谢公。"子敬始卧，闻其言，便惊起曰："所望于法护。"王于是往哭。督帅刁约不听前，曰："官平生在时，不见此客。"王亦不与语，直前哭，甚恸，不执末婢手而退。

**积累：**

**王东亭**：王珣，小字护法。王导的孙子。

**谢公**：谢安。

**出都**：到京都。

**子敬**：王献之。

**刁约**：督帅名。

**听**：允许。

**末婢**：谢安之子谢琰，字瑗度，小字末婢。

## 魏晋头条 曾经的欢喜亲家,为何如今如此决绝?

### 事件追踪

王珣和谢安互结仇怨。王珣在东边听说谢安去世了,便赶到都城去拜见王献之。王献之原本还躺着,听到他的话,吃惊地起来了。

伤逝 15

## 坊间小料

### 古代豪门的爱恨情仇

琅琊王氏和陈郡谢氏作为东晋顶级豪门,不仅族辈们私下感情很好,还多次联姻,除了谢道韫嫁给王羲之的儿子王凝之外,谢安还把女儿嫁给了王羲之的侄子王珉。谢安弟弟谢万的女儿嫁给了王珉的兄长王珣。

联姻本来是让两个大家族亲上加亲的好事,可王谢的关系偏偏就败在这联姻上。

《世说新语》中记载,谢道韫嫁给王凝之后,很不高兴,当着谢安的面抱怨。

谢道韫虽然瞧不起王凝之,但王凝之至少是个踏实能过日子的人。而谢家另外两个女子的婚事不顺,已经到了日子过不下去的地步。

谢安性情率真,不拘礼法,看着孩子过得不幸福,不惜得罪王家,也支持侄女、女儿分别和夫家离婚。

两个家族因此交恶,很多年不相往来。不得不说,谢安上能镇安朝野,下能教育子侄,而在选婿的眼光方面,是真的不行。

伤逝 **17**

# 人琴俱亡

王子猷、子敬俱病笃,而子敬先亡。子猷问左右:"何以都不闻消息?此已丧矣!"语时了不悲。便索舆来奔丧,都不哭。子敬素好琴,便径入坐灵床上,取子敬琴弹,弦既不调,掷地云:"子敬!子敬!人琴俱亡。"因恸绝良久,月余亦卒。

**积累:**

**王子猷**:王徽之。
**俱**:都。
**笃**:(病)重。
**语**:说话。
**了**:完全。
**舆**:轿子。

**琴**:弹琴。
**既**:已经。
**调**:协调。
**因**:于是。
**卒**:死亡。

# 魏晋头条　听琴的人还在，弹琴的人却已离开

### 事件追踪

王子猷和王子敬都病得很重，子敬先去世。

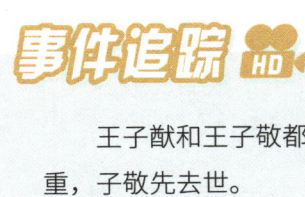

子猷说话时一点也不悲痛。于是备车前去奔丧，也没有哭。子敬平时喜欢弹琴，子猷便直接走进去坐在灵床上，拿过子敬的琴来弹。

子猷无法调好琴弦，就把琴扔到地上。

子猷说完悲痛了很久，一个月后也去世了。

伤逝　**19**

# 魏晋的口哨艺术

阮步兵啸闻数百步。苏门山中，忽有真人，樵伐者咸共传说。阮籍往观，见其人拥膝岩侧，籍登岭就之，箕踞相对。籍商略终古，上陈黄、农玄寂之道，下考三代盛德之美，以问之，仡然不应；复叙有为之教，栖神导气之术，以观之，彼犹如前，凝瞩不转。籍因对之长啸。良久，乃笑曰："可更作。"籍复啸。意尽退。还半岭许，闻上啾然有声，如数部鼓吹，林谷传响。顾看，乃向人啸也。

**积累：**

**啸**：撮口作声，即口哨。
**真人**：道家称修真得道的人。
**箕踞**：张开两腿坐着，好像簸箕。
**商略**：讨论，品评。
**终古**：古昔，过往。
**黄、农玄寂之道**：黄帝、神农氏（炎帝）虚静无为之道。
**三代**：夏、商、周三代。

**仡然**：举头的样子。
**有为之教**：儒家主张入世有为的理论。
**栖神导气**：修养精神，疏导精气。
**凝瞩**：呆望着。
**鼓吹**：古代一种器乐合奏。
**顾**：回头。
**向人**：刚才那人。

# 魏晋头条　若觉人生不自由，不妨长啸学阮籍

## 事件追踪 HD

阮籍的啸声能在百步外听得到。

苏门山里忽然来了一位得道高人，砍柴的人全都传说此人。

听说了吗？山里来了一位得道高人。

阮籍前去观看，看见那个人在山岩前抱膝而坐。阮籍就登上山岭靠近他，伸开腿相对而坐。阮籍和他讨论古代历史，往上说起黄帝、神农时代玄妙虚无的道理，往下考究夏、商、周三代的德政。阮籍用这些来问他，那人昂着头不回答；再说到儒家有为的学说、道家凝神导气的方法，用这些来看他的反应，他还是像原来那样，目不转睛。

栖逸

阮籍于是对着他长啸。过了好一会儿，对方才笑着说："可以再长啸一次。"

阮籍待到尽兴，往回走到半山腰时，听到山上啸声悠长，好像几部乐器合奏，树林山谷传来回声。阮籍回头一看，原来就是刚才那人在长啸。

## 说点正事　　佛系狂人：竹林七贤

三国曹魏统治时期，文人不满政治现实，纷纷隐居山林。嵇康、阮籍、山涛、向秀、刘伶、王戎和阮咸七人，因常在山阳县竹林游玩，一起喝酒、弹琴、唱歌、讨论哲学，世称"竹林七贤"。

不过，他们虽然身在同一个男团，特点却大有不同，嵇康爱弹琴、打铁，阮籍装疯卖傻，山涛世俗圆润，向秀不露锋芒，刘伶是大酒鬼，阮咸是乐器阮的制作人，王戎聪慧但抠门。

这些不同的人是怎么聚到一起的呢？只能说是缘分吧。因缘让他们刚好在同一个地方、同一段时间相聚，一起度过"放飞自我"的逍遥生活。竹林之游之后，他们也都各奔东西，各寻前程，嵇康还因为不愿做打工人和山涛绝交。

## 坊间小料

### 魏晋士人的"啸"傲江湖

这篇故事中所说的真人,就是人称"仙君"的隐士孙登。阮籍下山时,满山遍野响起一阵响亮婉转的口哨声,阮籍似乎在阵阵的啸声中有所顿悟。从此,阮籍开始"啸"傲江湖的惊人之举。

阮籍回家后还写了一篇《大人先生传》,以孙登为原型,虚构出一位遗世独立的仙人。文中对当时所谓的正人君子,事实上图名、图利、图官的心态,颇多挖苦之辞,借此表达自己长啸当歌的胸襟与志趣,也反映出魏晋名士超凡脱俗的孤傲清高。

据说,继阮籍之后,吹口哨便在士族青年中流行起来了。啸和今天的口哨有相似之处,但魏晋时期的口哨有高低抑扬的音乐节奏。魏晋士人将丰富的思想和感情寄托于啸中。或悲,或喜,或傲众,或隐逸,都用啸的方式来表达,啸成为魏晋士人张扬个性的一种文化风尚活动。

瞧!诸葛亮隐居隆中,常抱膝长啸;谢安曾和友人临海观潮,风起潮涌之际,也是用一段长啸表达内心的愉悦;王徽之听说有户人家拥有一片好竹林,便专程驱车前往,喜悦之至,长啸不止。

# 各有各的快乐

戴安道既厉操东山,而其兄欲建式遏之功。谢太傅曰:"卿兄弟志业,何其太殊?"戴曰:"下官不堪其忧,家弟不改其乐。"

**积累:**

**戴安道**:戴逵,字安道。
**厉操**:磨炼节操,这里指的隐居。
**式遏**:制止、抵御,这里指为国建功。
**谢太傅**:谢安。

# 魏晋头条 你负责报效国家，我负责登高赏花

## 事件追踪

戴逵已经隐居在东山磨炼情操，而他的兄长戴逯则有建功立业的愿望。

兄长是位热血的爱国青年，而我是个登山迷！

你们兄弟俩的志向怎么差异这么大？

我不能忍受贫困的忧愁，而家弟虽隐居贫困却能不改其乐。

## 坊间小料

### 情之所至，因他而起

如果把东晋的书法和绘画分成两大门派，书法派的正副掌门是王羲之、王献之，绘画派的正副掌门则非顾恺之、戴安道莫属了。

顾恺之名气很大，戴安道似乎就少为人知。但要说起那个大雪纷飞的夜晚，王徽之乘兴而来、兴尽而返的故事，想必大家都耳熟能详。而那位让王徽之情之所至雪夜拜访的，正是这位艺术大师——戴安道！

戴安道出身名门，才华横溢，兴趣广泛。他琴弹得很好，更善于绘画，是当时绘画艺术界的集大成者，相当于今天的"中国美协主席"，同时还兼任"中国雕塑学会会长"。

戴安道从小喜欢坐在山水间写生。十来岁跟随父亲到建康。当时著名的画家王濛听说戴安道是个神童，请他当场表演，戴逵一气呵成完成了一幅《渔翁图》，让王濛盛赞不已。

### 大师也爱"听墙角"？

一次，戴安道给一家寺院画佛像，想听听大家的意见，但又担心别人不会当面提意见。于是，他把画好的佛像放在寺院里供人参观，后面挂以帷帐，自己躲在帷帐后面，用心记下大家的评论、意见，然后参照它们进行修改。这样反复多次，直到人人称好。可见戴安道对绘画认真的态度和作为一个画师的修养。

## 爱画画也爱"雕虫小技"

中国古代,雕塑被称为"雕虫小技"。雕刻作品大多是工匠兼职完成,这样难免会让雕刻形似而意不达。戴安道不仅爱画佛像,也爱雕刻佛像。他在雕刻佛像时融入自己的理解,一改以往造像"形制古朴,未足瞻敬"的样貌,开创了一种"南朝式",即中国本土化的佛像雕塑艺术。戴安道还创造了夹纻(zhù)漆像的做法,把漆工艺的技术运用到雕塑方面,是今天仍流行的脱胎漆器的创始人。

## 朋友圈都是大咖

淝水之战时,谢安从容指挥,靠几万人打败了上百万前秦军队。在这场战争中,戴安道的兄长戴逯也立下大功。戴安道的祖父、父亲都曾是晋朝的重臣。因而晋孝武帝十分感谢戴家的忠心。朝廷屡次征召戴安道做官,可戴安道志在山水,不愿出仕。戴安道在会稽剡山隐居,以读书、作画、雕刻为乐,和当时名士郗超、刘惔、谢安、王徽之等人遍游名山大川,过着潇洒自由的日子。

谢安初见戴安道时,原本只是听说他的名声,有些瞧不起他。但戴安道毫无不悦,畅谈自己对艺术的深爱和理解,让谢安深深心折于戴安道的艺术造诣和气量。他们一直聊到红日西沉,仍意犹未尽。

# 被画师耽误的一生

汉元帝宫人既多,乃令画工图之,欲有呼者,辄披图召之。其中常者,皆行货赂。王明君姿容甚丽,志不苟求,工遂毁为其状。后匈奴来和,求美女于汉帝,帝以明君充行。既召见而惜之,但名字已去,不欲中改,于是遂行。

**积累:**

**宫人**:宫女。

**辄**:就。

**披**:打开,展开。

**货赂**:送东西贿赂。

**王明君**:王昭君。

**苟求**:无原则地求取。

**毁**:毁坏。

**状**:容貌,形象。

**充行**:充数嫁与匈奴。

**既**:至,及。

**中改**:半途改变。

# 独家爆料

## 明明是个美女，画师为何故意把她画丑？

汉元帝的宫女已经很多了，便让画工将她们的样貌画下来，他想要找人陪侍时，就翻翻图画来挑选。

那些相貌一般的宫女，都贿赂画工，让他把自己画得好看一点。

王昭君容貌非常美丽，却立志不苟求画工，画工便在作画时把她的容貌画得很丑。

## 事件追踪

后来匈奴要求和亲，向汉元帝请求赏赐美女。元帝用王昭君来充当宗室之女出嫁匈奴。等到元帝召见昭君时深感惋惜，但名字已经送去给匈奴了，又不想中途更改，于是昭君就随着匈奴出发了。

# 马惜障泥

王武子善解马性。尝乘一马，著连钱障泥，前有水，终日不肯渡。王云："此必是惜障泥。"使人解去，便径渡。

**积累：**

**王武子**：王济，字武子，太原晋阳（今山西太原）人。王济才华横溢，被晋武帝司马炎选为女婿，配常山公主。

**连钱**：连钱花纹。

**障泥**：铺在马背上，两端垂于马腹两侧，用于遮挡尘土的东西。

**终日**：良久。

**径**：直接，立刻。

## 今日简讯

王武子能够很好地了解马的脾性。他曾经骑马外出,马背上盖着连钱花纹的垫子。前面遇到一条河,马始终不肯过河。

记者灿烂

马背上漂亮的连钱障泥好比人所拥有的名利,人人都渴望拥有,但如何对待名利却考验着智慧。有的人淡泊名利,坦然放下。但有的人则像马那样,为名利所累,进而对自我束缚,因"惜障泥"而"不肯渡"。

# 三根胡须的妙处

顾长康画裴叔则,颊上益三毛。人问其故,顾曰:"裴楷隽朗有识具,正此是其识具。"看画者寻之,定觉益三毛如有神明,殊胜未安时。

**积累:**

**顾长康**:顾恺之。

**裴叔则**:裴楷,字叔则,三国曹魏及西晋时期大臣、名士。

**益三毛**:增加三根胡须。

**识具**:见识。

**殊胜**:大胜。

## 魏晋头条：画圣顾恺之现场教学，展现独门绝技！

### 事件追踪

顾长康为裴叔则画像，在他的脸颊上多画了三根胡子。

看画的人对着画像寻思，确实觉得增加三根胡子后更有气韵，远远胜过还没有添上的时候。

记者灿烂

因为这个有趣的故事，"颊上三毛"成为形容绘画或文艺作品非常细致传神的成语。连明末清初的文学家李渔也因此而写下："待画个岭上孤松，当做颊上三毛。"颊上三毛果然是种可意会而不可言传的境界！

## 坊间小料  有苍生来所无

顾恺之的绘画在魏晋享有极高的声誉，被称为才绝、画绝、痴绝的他，人物画尤其堪称一绝，最特别的是先画而后点睛的习惯。每一幅人物画在快要完工时，他偏偏不为画中人物点上眼睛，短则三五日，长则好几年。

于是，顾恺之在画史上赢得"点睛大师"的称号。就连宰相谢安，都被他的画作圈粉，发出了"顾长康画，有苍生来所无"的赞叹，意思是他的画是人类自古以来都没出现过的。

关于顾恺之画眼睛，还有一个小故事。相传顾恺之生下来没多久他的母亲就去世了。其他小朋友都有母亲，唯自己没有，他便缠着问父亲自己为什么没有母亲，母亲长什么模样，父亲只好耐着心思给他描述。顾恺之凭借父亲的描述，一次又一次地给母亲画像。每次画好之后，他都要问父亲像不像，父亲总是在肯定之后，表示遗憾。直到他画出了一副传神的眼睛后，父亲才两眼放光，说："像，像极了！"

## 点睛一笔百万钱

南京新建了一座寺院,建成之际,僧人请各位达官贵族们前来募捐,没什么钱的顾恺之竟然当众慷慨认捐一百万钱。僧侣和士大夫没有一个人相信他能办到。

首先,顾恺之请和尚把寺里的一面墙壁粉刷洁白供他作画。之后,顾恺之闭关创作出一幅维摩诘居士像,整幅作品仅仅留下眼睛没有画上。

然后,顾恺之准备选定一个吉日,为画像点上眼睛。他让和尚发出预告,当日打开寺门开放参观,但条件是第一天来参观的人必须捐十万钱,第二天来参观的捐五万钱,以后则随意认捐。

大家仰慕顾恺之点睛的绝活已久,为了一睹顾恺之点睛,上至达官贵人下至平头百姓纷纷涌入。很快,一百万钱便凑足了。

# 不敢和您抢C位

元帝正会,引王丞相登御床,王公固辞,中宗引之弥苦。王公曰:"使太阳与万物同辉,臣下何以瞻仰!"

**积累:**

**正会**:正月初一的朝会。

**王丞相**:王导。

**御床**:皇帝的坐卧之榻。

**中宗**:晋元帝的庙号。

## 魏晋头条 敢拒绝皇帝的邀请，王导为何如此硬气？

谣言

### 事件追踪 HD

晋元帝在正月初一的朝会上，拉着丞相王导登上御座，和自己坐在一起。王导坚决推辞，元帝更加努力地拉着他。

宠礼

# 嗜酒如命

刘伶病酒,渴甚,从妇求酒。妇捐酒毁器,涕泣谏曰:"君饮太过,非摄生之道,必宜断之!"伶曰:"甚善。我不能自禁,唯当祝鬼神,自誓断之耳。便可具酒肉。"妇曰:"敬闻命。"供酒肉于神前,请伶祝誓。伶跪而祝曰:"天生刘伶,以酒为名,一饮一斛,五斗解酲。妇人之言,慎不可听!"便引酒进肉,隗然已醉矣。

**积累:**

**刘伶**:字伯伦,竹林七贤之一,不遵守礼法,嗜酒。
**病酒**:饮酒过量而生病。
**渴甚**:酒瘾发作,特别想喝。
**摄生**:养生,保养身体。
**具**:置办。

**敬闻命**:遵命照办。
**以酒为名**:以酒为命。
**斛**:量器。一斛为十斗。
**解酲**:消除酒瘾。
**隗然**:酒醉倒下的样子。

# 魏晋头条  刘伶的嘴，骗人的鬼！

## 事件追踪 HD

刘伶因饮酒过量而生病，酒瘾发作，特别想喝时，就向妻子要酒喝。

他妻子把酒全倒掉,并砸毁盛酒的容器。

您饮酒过度,这不是养生的方法,一定要把酒戒了!

很好。但我无法控制自己,只能向鬼神祷告,发誓来戒酒。你赶快去准备祭祝的酒肉吧。

老天生下我刘伶,酒是我的命。一次喝一斛,喝五斗消酒病。妇道人家的话,千万不能听。

酒肉被供奉在神前,妻子请刘伶来祈祷发誓。

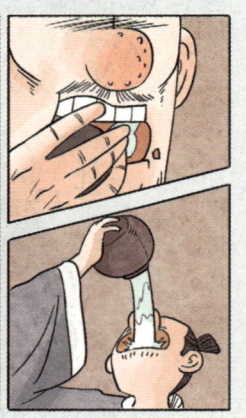

你又骗我!

## 坊间小料

### 魏晋第一酒鬼有多颠狂？

刘伶一生嗜酒如命。他经常乘坐鹿车出门，随身带着一壶酒，让仆人扛着一把铁锹跟在后面，并交代："如果我喝酒喝死了，你就随便找个地方把我埋了。"

一次，刘伶的妻子酿了一大缸酒，刘伶见了就要喝，妻子哄骗让他等酒熟之后再喝。没想到，酒刚酿好，刘伶就迫不及待地俯身探进酒缸。妻子气得一把将他推进酒缸，随即压上了盖子，说："这回叫你喝个够！"三天后，刘伶妻子才想起被她关在酒缸的丈夫，赶紧打开缸盖一看，发现缸中酒已见底，刘伶垂头坐于酒糟上。妻子以为刘伶醉死了，急得大声呼叫。谁知刘伶慢慢地抬起头，厚着脸皮对妻子说："你不是答应让我喝个大醉吗？如今怎么让我闲坐在这里？"妻子欲哭无泪，实在是拿这个酒鬼丈夫没有办法。

刘伶不仅有惊人的酒量，还有狂饮后放浪形骸的行为。一次，刘伶喝得酩酊大醉，脱掉衣服，赤身呆在屋中，被朋友看见。

任诞

## 别人笑我太疯癫，我笑他人看不穿

不止刘伶爱喝酒，竹林七贤大多爱喝酒，比如阮籍，为了躲避司马家的亲事，一连60天喝得不省人事。比如阮咸，情之所至，居然跟猪一起共饮。

对于刘伶来说，酒是他的命，还能保他活命。西晋为了巩固政权，喜欢拉拢一些社会名人当官，比如刘伶。刘伶不愿入朝，便想出一计，喝得酩酊大醉，到街上狂奔，吓得朝廷特使掉头就跑。

不过，不要被他们的表面给骗了。竹林七贤看似荒唐可笑的行为，其实是用一种以醉求醉、似醒非醒的状态，保持人格的独立和精神的自由。刘伶还写了篇《酒德颂》，通过歌颂酒，寄托他追求精神自由的心境，以及对虚伪道德礼教的憎恶。

## 喝酒吃肉,悲痛照旧

阮籍当葬母,蒸一肥豚,饮酒二斗,然后临诀,直言:"穷矣!"都得一号,因吐血,废顿良久。

**积累:**

豚:小猪。
穷:穷尽,孝子哭丧语。
都:一共。
废:憔悴不堪。

# 魏晋头条

## 实锤！母亲去世后，他却跑去喝酒吃肉！

### 事件追踪 HD

阮籍在葬母之时，蒸了一头小肥猪，喝了两斗酒，然后向母亲诀别。

才哭了一声，就吐血了，精神萎靡了很久。

再放锤！《世说新语》中还有记载，阮籍为母亲服丧期间，在晋文王（司马昭）的宴席上喝酒吃肉。有人对阮籍的这种行为不满，向文王抱怨，阮籍却依旧在喝酒吃肉，神色自若。

## 坊间小料

### 继续锤！下棋时听闻母亲去世，他毫不起身！

阮籍三岁丧父，家境清苦，由母亲一手拉扯大。在母亲的影响下，阮籍立志做个建立功业的好官，可直到母亲去世，阮籍始终没能完成对母亲许下的诺言。前面故事中的阮籍竟然还在葬母时大口吃肉，大碗喝酒。

再看《晋书》中的记载，阮籍刚听到母亲去世的消息时，正在和朋友下棋。

看到这儿，你一定认为阮籍是个大逆不道的孽子，那可就冤枉他了。阮籍表面上放浪形骸，不拘礼法，心中却有常人不及的真情实感。他对母亲的孝发自内心，不拘于表面的形式，《晋书》用"性至孝"来形容阮籍。所以，与其对着一具尸体哭得再伤心也无济于事，不如在父母活着的时候好好孝顺。

## 我不说话，但看眼色

阮籍经常毫不掩饰地表达自己的情感。母亲去世后，嵇康的哥哥嵇喜前去吊祭，阮籍觉得嵇喜太世俗，就给了他一个白眼。

"翻个白眼，自己体会。"

嵇喜没趣地回家了。

嵇康带着酒和琴来找阮籍，没想到阮籍非常高兴，用青眼（黑眼珠）看嵇康。两个人一起弹琴、饮酒、聊天，其乐融融。

不喜欢就翻白眼，欣赏就用青眼相看，成语"青眼有加"就是由此而来。

嵇喜："我刚才去阮籍家，他给了我一个白眼。你还是别去了，省得自讨没趣。"

嵇康："让我去，他一定会欢迎我的。"

## 爱哭鼻子的阮籍

阮籍一生有经典的"三哭"：

**一哭丧母之痛：** 母亲即将下葬，放声痛哭，吐血数升。

**二哭兵家少女：** 阮籍听闻兵家才貌双全的女儿还没婚嫁就死了，哀痛青春短暂、年华易逝，竟跑去灵前大哭，哭到悲痛欲绝才离开。

**三哭穷途末路：** 阮籍经常自己漫无目地驾车走，走到路的尽头，走不下去了会放声大哭，哭够了就回去。这就是"穷途之哭"的来历。王勃《滕王阁序》里就有"阮籍猖狂，岂效穷途之哭"之句。"穷途之哭"是为驾车无路而哭，更为自己的仕途无路而哭，对那个时代感到失望而哭！

阮籍任情任性，想哭就哭。他的痛苦，全藏在他的泪里。这位孤独的天才，众人眼中的狂人，用醉酒与痛哭逃避世界，成为特立独行的代表人物。

"尽管锤，锤哭我算你输。"

# 不可一日无君

王子猷尝暂寄人空宅住,便令种竹。或问:"暂住何烦尔?"王啸咏良久,直指竹曰:"何可一日无此君!"

**积累:**

**寄**:寄居。
**啸咏**:长啸、吟咏。

# 魏晋头条　竹子的顶级代言人

## 事件追踪

王子猷曾暂住在别人的空房里，随即命人种上竹子。

王子猷长啸了好久，才指着竹子说："怎么可以一天没有它？"

# 是凤凰,还是凡鸟?

嵇康与吕安善,每相思,千里命驾。安后来,值康不在,喜出户延之,不入,题门上作"凤"去。喜不觉,犹以为欣,故作。"凤"字凡鸟也。

**积累:**

**吕安**:字仲悌,三国时期魏国大臣。

**命驾**:命人驾车马,立即动身。

**喜**:嵇喜,嵇康之兄。

**延之**:引导,引入,迎接。

# 魏晋头条：嘲讽技能全开，一个字让你大开眼界！

## 事件追踪 HD

嵇康和吕安是好朋友，每当想念对方，就算远隔千里也命令仆人驾车相见。

后来吕安拜访嵇康，正好嵇康不在，嵇康的哥哥嵇喜出门迎接他。吕安不进去，只在门上写了个"凤"字就离开了。

嵇喜不了解其中的道理，还以为吕安是开心才写下这字。其实把"凤"字拆开就是"凡鸟"二字啊！

# 把口误圆回来

孙子荆年少时欲隐,语王武子"当枕石漱流",误曰"漱石枕流"。王曰:"流可枕,石可漱乎?"孙曰:"所以枕流,欲洗其耳;所以漱石,欲砺其齿。"

**积累:**

**孙子荆**:孙楚,字子荆,西晋官员、文学家。
**枕石**:用石作枕。
**漱流**:用流水来漱口。

# 魏晋头条：以流水为枕，用石头漱口，古人的奇葩时尚

## 事件追踪

孙子荆年轻时想要隐居，本来想对王武子说"枕石头漱流水"，结果口误说成了"漱石头枕流水"。

 记者灿烂

"枕石漱流"的意思是隐居时以山石为枕、以溪流漱口，用来比喻高洁之士的隐逸生活。孙子荆的"枕流漱石"是一时口误，但他机智地将错就错，重新解读为：枕流是为了洗耳朵，漱石是为了磨炼牙齿。这格调看似比枕石漱流更高一筹。"枕流漱石"这一成语就这样流传了下来，形容隐居山林、洁身自好的生活。

# 坊间小料

## 洗耳的隐君子

如果要追溯中国隐士的鼻祖,那绝不能错过巢父、许由俩人共同创造的隐士佳话。相传尧年纪老迈,为接班人伤脑筋时,听说许由是位大贤者,便千里迢迢前去拜访,想把帝位禅让给许由。

然后,许由连夜逃往箕山颍水,农耕而食。可是尧锲而不舍,知道许由去处后,又派人请他出来作九州长。许由听到后,连忙到颍水河畔掏水洗耳,他认为尧的话玷污了自己的耳朵,需要洗干净,这就是许由洗耳的来历。

许由自视高洁,没想到河边牵着牛饮水的巢父,更胜许由一筹。

# 古人也爱争排名

诸葛令、王丞相共争姓族先后。王曰:"何不言葛、王,而云王、葛?"令曰:"譬言驴马,不言马驴,驴宁胜马邪?"

**积累:**

**诸葛令**:诸葛恢,字道明,官至尚书令。

**譬言驴马**:古代同列名,如果不是有一定的先后顺序,如夏商,那么一般是以平仄定先后,这样读起来比较顺口自然,如嵇阮、韩柳。

# 魏晋头条 别跟我谈虚名，我还真在意

## 事件追踪

尚书令诸葛恢和丞相王导争论姓氏的先后。

为什么不说葛、王，而说王、葛？

这就好比说驴马，不说马驴，驴难道胜过马了？

魏晋时期家族观念很强。那时社会上的望族以王、谢两家为主，谢家有名的有谢安，王家则有王羲之、王导。其实，诸葛恢的来头也不小，他的祖父诸葛诞是三国时曹魏的征东大将军。八王之乱时，诸葛恢南渡到江东避难，名气仅次于王导和庾亮，在当时也是数一数二的人物。

# 脸上有山河

康僧渊目深而鼻高,王丞相每调之。僧渊曰:"鼻者,面之山;目者,面之渊。山不高则不灵,渊不深则不清。"

**积累:**

**康僧渊**:东晋名僧。
**调**:调笑,戏弄。

## 魏晋头条 被人嘲笑长得丑，如何优雅地反击？

### 事件追踪

康僧渊眼睛深凹，鼻梁高耸。丞相王导为此常常嘲笑他。

鼻子是脸上的山峰；
眼睛是脸上的深潭。
山不高就没有灵气；
潭不深就不会清亮。

# 满肚子学问晒一晒

郝隆七月七日出日中仰卧,人问其故,答曰:"我晒书。"

**积累:**

**郝隆:** 东晋名士,性格诙谐。曾任桓温南蛮府参军。
**我晒书:** 古有七月七日曝晒经书和衣裳的习俗。

## 魏晋头条　晒个肚子，流传千年

### 事件追踪

郝隆在七月七日那天中午，在太阳底下躺着。

记者灿烂：别小瞧这张肚皮，它为我们贡献了不少成语，例如，一个人学识丰富，我们便说他"满腹经纶"；相反，如果书读得不够多，便说他"腹笥太俭"（笥是古代收藏书的竹器）。"腹笥太俭"是指这个人的书籍学问实在少得可悲可叹！

## 坊间小料

### 七夕与晒书

农历七月初七是乞巧节,其实除了乞巧,七夕还有不少习俗,比如做酒曲,用兰草制作用于除虫、解毒、治病的药丸,曝晒衣物;还可以做糗(一种便于保存的干粮),采苍耳(苍耳籽榨油可以燃灯烛)。对读书人而言,七月初七是晒书节和魁星诞。

汉朝时,人们觉得七月初七是夏季日照最强的一天,于是家家户户会把家里的衣物、书籍搬到院子曝晒,以防止受潮及蛀虫啃咬,也趁机把书籍整理一下,温故而知新。

关于晒书,还有个有趣的故事。三国时期,司马懿为躲避曹操的招揽,在家装疯卖傻。七月初七晒书的习俗,爱读书的司马懿自然不会忘了,把家中的书都拿出来晒。

按照曹操多疑的性格,肯定派人在暗中盯着司马懿。谁知,当天突然下起雨来。爱书如命的司马懿把装病的事抛在脑后,奋力地跑进雨中抢救自己的书。

可见连装疯的司马懿也未能免俗,要在七夕晒书。

# 清谈误国

桓公入洛,过淮、泗,践北境,与诸僚属登平乘楼,眺瞩中原,慨然曰:"遂使神州陆沉,百年丘墟,王夷甫诸人不得不任其责!"袁虎率而对曰:"运自有废兴,岂必诸人之过?"桓公懔然作色,顾谓四坐曰:"诸君颇闻刘景升不?有大牛重千斤,啖刍豆十倍于常牛,负重致远,曾不若一羸牸。魏武入荆州,烹以飨士卒,于时莫不称快。"意以况袁。四坐既骇,袁亦失色。

**积累:**

**北境**:北方地区。

**平乘楼**:大船上的楼。

**陆沉**:陆地无水而沉,此指国土沦陷。

**王夷甫诸人**:王夷甫等人不关心政务,只讲清谈,桓温认为西晋政局混乱,国土沦丧,他们是有责任的。

**袁虎**:袁宏,字彦伯,小字虎,是桓温的记室参军。

**运**:国运。

**作色**:因生气变脸色。

**刘景升**:刘表,字景升,汉宗室。

**刍豆**:草和豆,指牛马的饲料。

**羸牸**:瘦弱的母牛。

**况**:比方,比较。

# 独家爆料

## 魏晋蔚然成风数百年的清谈，为何成为亡国的罪魁祸首？

桓温进军洛阳，经过淮水、泗水，踏上北方地区，和下属登上船楼，遥望中原。

> 国土沦丧，百年来成为荒丘废墟，王夷甫这些人不得不承担这罪责！ —— 桓温

> 国运自然有兴有衰，难道一定是他们的过错吗？ —— 袁虎

桓温神色严肃，面露怒容，环顾满座的人。

> 诸位听说过刘表吗？他有一头千斤重的大牛，吃的草料比普通牛多十倍，可是拉重物走远路，竟不如一头瘦弱的母牛。

> 魏武帝进入荆州后，把大牛杀了来犒赏士兵，当时没有人不感到痛快的。

事件追踪

桓温的意思是用大牛来比拟袁虎，满座的人都非常震惊，袁虎也大惊失色。

# 巧妙的心理暗示

魏武行役，失汲道，三军皆渴，乃令曰："前有大梅林，饶子，甘酸可以解渴。"士卒闻之，口皆出水，乘此得及前源。

**积累：**

**行役**：行军跋涉。
**汲道**：取水的路。
**饶子**：很多果实。
**前源**：前路的水源。

# 魏晋头条 玩转人心，曹操也懂心理学？

## 事件追踪

曹操率军跋涉，找不到水源，军中士兵都口渴难耐。于是曹操下令。

> 前面有大片梅林，果实很多，又甜又酸可以解渴。

士兵们听到后，口水都流出来了，靠着这句话而得以走到前面有水的地方。

记者灿烂：曹操利用士兵对酸梅的喜爱，在心理上先给予他们安慰和希望，促使他们铆足了劲儿赶路。

## 坊间小料

**诛心于无形,看骨灰级心理专家曹操的神操作!**

曹操不仅聪明、狡诈,还是位玩转人心的心理学大师。

曹操对身旁的人极度不信任,常常怀疑他们要害自己。他常说:"只要有人要害我,我的心就会跳得很厉害。"于是跟一个侍者说:"你偷偷地拿着一把刀来到我身边,我一定会说心跳得很厉害。你如果被抓,不要说出是我指使你的,事情过后我必当重谢你。"侍者听了,执行的过程都没有害怕,行刑的时候也不害怕。这个侍者到死都不知道曹操骗了他,旁边的人对曹操开始深感恐惧,于是谋逆的人也不敢轻举妄动了。

曹操还跟身边的人说:"我睡觉时不可以轻易靠近,否则我会杀人,自己也不知道。"一次,曹操在白天闭目养神,一个侍兵想帮曹操盖被,被曹操一刀杀了。从此之后,曹操休息时,再也没有人敢靠近他。

# 动物的亲情

桓公入蜀,至三峡中,部伍中有得猿子者,其母缘岸哀号,行百余里不去,遂跳上船,至便即绝。破视其腹中,肠皆寸寸断。公闻之怒,命黜其人。

**积累:**

**桓公**:桓温。

**部伍**:指军队。

**缘岸**:沿着江岸。

**黜**:罢免。

## 魏晋头条 母猿为何追船不舍，肠子断裂也不放弃？

### 事件追踪

桓温出兵攻蜀，来到长江三峡时，部队中有人捕捉到一只小猿猴，小猿猴的母亲沿着江岸悲哀地号叫，跟着船走了一百多里路仍不肯离开。

母猿最后终于跳上船，一上船就立刻气绝。剖开母猿的肚子，发现它的肠子一寸一寸地断裂了。桓温听说这件事后大怒，命令罢免那个捕猿人的职务。

"肝肠寸断"比喻悲伤到了极点。读完这篇故事，你是不是也被伟大的母爱感动了？我们在做一件事情以前要先思考，自己的行为是否会让他人伤心，或给他人造成伤害。

黜免

# 王戎有好李

王戎有好李，常卖之，恐人得其种，恒钻其核。

**积累：**

**王戎**：字濬冲，三国至西晋时期名士、官员，"竹林七贤"之一。

**恐**：怕。

**恒**：总。

## 魏晋头条 竹林七贤的王戎，竟是个超级吝啬鬼！

### 事件追踪 HD

王戎有优良的李树，常常拿李子出去卖，怕别人得到种子，总是先把李子的核钻破。

# 炫富的天花板

石崇与王恺争豪，并穷绮丽，以饰舆服。武帝，恺之甥也，每助恺。尝以一珊瑚树高二尺许赐恺，枝柯扶疏，世罕其比。恺以示崇。崇视讫，以铁如意击之。应手而碎。恺既惋惜，又以为疾己之宝，声色甚厉。崇曰："不足恨，今还卿。"乃命左右悉取珊瑚树，有三尺、四尺，条干绝世，光彩溢目者六七枚，如恺许比甚众。恺惘然自失。

**积累：**

**石崇**：字季伦，曾在荆州任上劫掠往来商旅，因此致富。

**王恺**：字君夫，晋武帝的舅舅，官至后军将军。

**舆服**：车马、服饰。

**枝柯扶疏**：枝条繁茂。

**视讫**：看完。

**恨**：遗憾，惋惜。

**如……许**：像……那样。

**惘然**：失落的样子。

# 魏晋头条 晒钱太俗，这才是最牛炫富

## 事件追踪 HD

石崇和王恺斗富，他们都极尽华丽来装饰车马、衣服。

晋武帝是王恺的外甥，经常帮助王恺，曾把一株高约两尺多的珊瑚树赏给王恺。那珊瑚树枝条繁茂，世间罕见。王恺拿给石崇看。

看看这大小、枝条，世间罕有！

## 持续追踪

石崇看完后,用铁如意敲打,随手打碎了珊瑚树。王恺心中惋惜,认为石崇嫉妒自己的珍宝,所以声色俱厉。

于是,石崇命令仆人把家里所有的珊瑚树拿出来,有三尺、四尺高的,枝条美丽世上少有,光彩夺目的有六七棵,像王恺那样的就更多了。王恺看了之后感到失落。

# 吃点大瓜

## 西晋"凡尔赛"大会

晋武帝统一天下后，安定的局面让西晋的皇族、贵族累积了大量财富。这些贵族纵情享受，过着豪华奢侈的生活，其奢华程度令人难以想象。

石崇听说王恺家里洗锅用饴糖水，就命令自家厨房用蜡烛当柴火烧。这件事一传开，王恺不甘示弱，在家门前夹道四十里，用紫丝铺排成屏障。石崇为了压倒王恺，便用香料粉刷墙壁，用比紫丝更贵重的彩缎，铺设比王恺更长更豪华的五十里屏障。

又例如，晋武帝曾到王武子家里做客。王武子安排了一百多位婢女端着佳肴。这些食物都装在以琉璃做成的器皿里。武帝吃了蒸熟的猪肉，觉得味道异常鲜美，问王武子这道菜是怎么做的。王武子回答："这小猪是喝人乳长大的。"当时的奢靡之风，实在令人咋舌。

# 吃不到的鸡蛋

王蓝田性急。尝食鸡子,以箸刺之,不得,便大怒,举以掷地。鸡子于地圆转未止,仍下地以屐齿蹍之,又不得,瞋甚,复于地取内口中,啮破即吐之。王右军闻而大笑曰:"使安期有此性,犹当无一豪可论,况蓝田邪?"

**积累:**

**王蓝田**:王述,字怀祖,袭爵蓝田侯。

**箸**:筷子。

**瞋甚**:愤怒至极。

**啮**:咬。

**安期**:王承,字安期,王蓝田的父亲。

**豪**:通"毫",比喻极其细微。

# 魏晋头条

## 骠骑将军王述，竟被一个鸡蛋耍得团团转！

**事件追踪**

王蓝田性子急躁。有一次吃鸡蛋，他用筷子去戳鸡蛋，没戳中，就大发脾气，把鸡蛋拿起来扔到地上。鸡蛋在地上不停旋转，他又从坐榻上跳下来，用木屐的齿去踩它。

又没踩到，他愤怒至极，又把鸡蛋从地上捡起放进嘴里，咬破之后立刻吐了出来。

王羲之听说后大笑。

假如王安期有这种脾气，尚且丝毫不值一提，何况是他儿子王蓝田呢？

# 好口才，也要好居心

袁悦有口才，能**短长说**，亦有**精理**。始作谢玄参军，颇被礼遇。后**丁艰**，**服除**还都，唯**赍**《战国策》而已。语人曰："少年时读《论语》《老子》，又看《庄》《易》，此皆是病痛事，当何所益邪？天下要物，正有《战国策》。"**既下**，说**司马孝文王**，大见**亲待**，几乱**机轴**。俄而见诛。

**积累：**

**短长说**：战国时的纵横游说之术。

**精理**：精辟之理。

**丁艰**：遭遇父母之丧。

**服除**：服丧期满，脱去丧服。

**赍**：携带。

**既下**：到了都城建康以后。

**司马孝文王**：司马道子，东晋权臣。

**亲待**：亲近优待。

**机轴**：指朝政。

# 魏晋头条　有才无德，害人匪浅！

## 事件追踪

袁悦口才非常好，既擅长游说，又能阐发精辟的道理。他起先在谢玄手下担任参军，颇受器重。后来因为父母之丧，回家守孝。三年期满，要回都城建康的时候，只带了一部《战国策》。

到了建康以后，他游说司马道子，受到厚待，差点儿扰乱朝纲，不久就被杀了。

记者灿烂：《战国策》是一部着重以口才游说各国的谋略书，由此可以看出袁悦是一位有野心的人。袁悦受到司马道子厚待后，不帮助他谋仁政，反而劝他专揽政权，才惨遭诛杀。可见人有才华，也要有仁德之心！

# 误会引发的悲剧

王大将军起事，丞相兄弟诣阙谢。周侯深忧诸王，始入，甚有忧色。丞相呼周侯曰："百口委卿！"周直过不应。既入，苦相存救。既释，周大说，饮酒。及出，诸王故在门。周曰："今年杀诸贼奴，当取金印如斗大系肘后。"大将军至石头，问丞相曰："周侯可为三公不？"丞相不答。又问："可为尚书令不？"又不应。因云："如此，唯当杀之耳！"复默然。逮周侯被害，丞相后知周侯救己，叹曰："我不杀周侯，周侯由我而死。幽冥中负此人！"

**积累：**

**王大将军起事**：公元322年，大将军王敦叛乱，起兵入建康。

**周侯**：周颢，字伯仁，晋朝大臣、名士。

**始入**：进宫时。

**百口委卿**：一家人的性命托付于你。

**释**：免罪。

**故**：仍，还是。

**贼奴**：指王敦。

**石头**：石头城，军事重镇。

**三公**：晋时以太尉、司徒、司空为三公。

**逮**：等到。

**幽冥**：地府，阴间。

## 魏晋头条：多年的深厚友谊，王导为何见死不救？

### 事件追踪

大将军王敦起兵造反，丞相王导每天带着兄弟子侄在宫门外向皇帝请罪。周颉为王氏一族担忧，刚刚进宫，脸上充满忧虑的神色。王导向周颉呼喊。

"我全家百口人的性命全都托付给你了！"

周颉径直走过去没有答应。进宫后，周颉竭尽全力保全王导。事后，王导等被免罪，周颉高兴得喝起酒来。出宫时，王家人仍然站在门口。

"今年杀了那些逆贼，我要把斗大的金印挂在胳膊肘后！"

## 持续追踪

后来，王敦攻进石头城，问王导。

等到周颛被杀害后，王导才知道周颛救过自己。

这就是"我不杀伯仁，伯仁却因我而死"的典故。

# 坊间小料

## 深情终究被辜负

周顗神采秀彻，个性清高，不慕名利，曾经拒绝朝廷的征召。八王之乱时，周顗随着族人逃奔到江南避乱，后被琅琊王司马睿赏识，追随他在江东立足，同时和王导结下了深厚的友谊。

王导和周顗感情亲密，王导曾把头枕在周顗的膝上，指着周顗的腹部开玩笑。

这对老朋友的情谊已经到达能被肆意调笑的程度。周顗的言外之意其实是："我可是大肚能容，度量非同小可啊！"

周顗曾在王导座席间傲然咏唱，王导问："你想学嵇康、阮籍吗？"周顗回答说："我怎敢就近舍弃你，而远去学嵇康、阮籍呢？"

周顗死后，王导浏览以前的宫中奏折，发现周顗营救自己的折子，句句流露出周顗为王家请命的真挚恳切。低头看着这封奏折，王导才发现自己竟完全误会周顗了，深深的辜负与痛失挚友的双重打击，让他羞愧得无地自容。

## 都是贪吃惹的祸

蔡司徒渡江,见彭蜞,大喜曰:"蟹有八足,加以二螯。"令烹之。既食,吐下委顿,方知非蟹。后向谢仁祖说此事,谢曰:"卿读《尔雅》不熟,几为《劝学》死。"

**积累:**

**蔡司徒**:蔡谟,字道明,东晋重臣。
**彭蜞**:一种外形像蟹的水生动物。
**螯**:螃蟹等节肢动物的变形的第一对脚。
**吐下**:上吐下泻。
**谢仁祖**:谢尚,字仁祖,东晋时期名士、将领。

# 魏晋头条：彭蜞和螃蟹，傻傻分不清！

## 事件追踪

蔡谟渡江南下，看到彭蜞，非常高兴。

于是叫人煮熟。蔡谟吃完之后，上吐下泻，精神萎靡不振，这才知道吃的不是螃蟹。

后来，他向谢仁祖说起这件事。

# 古人也爱"撒狗粮"

王安丰妇常卿安丰。安丰曰:"妇人卿婿,于礼为不敬,后勿复尔。"妇曰:"亲卿爱卿,是以卿卿。我不卿卿,谁当卿卿!"遂恒听之。

**积累:**

**王安丰**:王戎,进封安丰侯,故人称"王安丰"。

# 魏晋头条：一对腻歪的夫妻的日常，甜到概不负责！

## 事件追踪

王戎的妻子常称他为"卿"。

卿卿。

妻子称丈夫为"卿"是不礼貌的，以后不要再这样了。

我亲你爱你，所以才称你为"卿"。我不称你为"卿"，谁该称你为"卿"？

从此，王戎就任凭她一直这样叫了。这就是"卿卿我我"的来历。

惑溺

# 明箭易躲，小人难防

孙秀既恨石崇不与绿珠，又憾潘岳昔遇之不以礼。后秀为中书令，岳省内见之，因唤曰："孙令，忆畴昔周旋不？"秀曰："中心藏之，何日忘之？"岳于是始知必不免。后收石崇、欧阳坚石，同日收岳。石先送市，亦不相知。潘后至，石谓潘曰："安仁，卿亦复尔邪？"潘曰："可谓'白首同所归'。"潘《金谷集诗》云："投分寄石友，白首同所归。"乃成其谶。

**积累：**

**孙秀**：字俊忠，西晋大臣，赵王司马伦的侍郎。

**绿珠**：石崇的宠妾。

**憾**：怨恨。

**潘岳**：潘安的本名，字安仁。

**省**：中书省。

**畴昔**：往日，从前。

**周旋**：打交道。

**亦复**：也。

**尔**：如此这样。

# 独家爆料

## 西晋第一富豪和第一美男同时殒命！竟是因为他！

孙秀既怨恨石崇不肯把绿珠送给他，又对潘岳从前对自己不礼貌不满。后来，孙秀担任中书令，潘岳在中书省的官府里见到他，和他打招呼。

## 事件追踪

潘岳于是知道自己一定免不了祸难。后来，孙秀逮捕石崇和欧阳坚石，同一天也逮捕潘岳。石崇首先被押到刑场，当时他还不知道潘岳的情况。潘岳后来被押到。

潘岳在《金谷集诗》中是这样写的："投分寄石友，白首同所归。"这竟成为他们生命的预言。

# 通关秘籍 有信心来挑战一下吗？

### 小小侦探
《世说新语》里面，藏着很多小秘密，根据文字线索，填出空格中丢失的答案吧！

　　《世说新语》由南朝宋文学家_____组织文人编写而成，体裁是文言_____。

　　内容可分为"德行""言语""政事""文学""方正"等类，主要记载_____到_____时期名士的言行与轶事，全书涉及的人物多达1500个，他们代表的魏晋文人的精神，被称为_____或魏晋风流。

### 记忆大师

想一想，空格里丢失的句子长啥样？

举目见日，_____。

小时了了，_____。

### 百变星君
词语拼音变变变！下面的变身魔法，你看穿了吗？

**根据同一个字音，写出不同形体的字。**

Jiān　（　）督　（　）饼　房（　）　（　）膀

**根据同一个部首，写出不同偏旁的字。**

包　（　）沫　（　）步　（　）火　怀（　）

## 谁是真正的影帝

拼音也会演戏，不信？你能瞧出来，下面哪个拼音拼错了吗？

下列拼音中，错误的一项是（　　）。

A. 庭 tíng 院　　　B. 荒芜 wú

C. 打扫 sǎo　　　D. 言谈 dàn

## 马甲掉了

读拼音，填写空格中的词语。

陈仲举的言谈是读书人的 zhǔn zé _____，行为是世间的 guī fàn _____。

刚为官上任，陈仲举就有清明 guó jiā _____政治的 zhì xiàng _____。

## 疯狂的成语

根据成语语义和故事提示，写出空格中的成语。

望____止____：比喻用空想或假象安慰自己。

### 成语故事

曹操带兵走到一个没有水的地方，士兵口渴难忍，曹操骗他们说："前面有很大的一片梅树林，梅子很多，又甜又酸。"士兵们听后都流出口水，不再嚷渴。

## 抄一抄，so easy!

在方格中抄写下面的句子（做到字迹端正，准确无误）。

千岩竞秀，万壑争流，草木蒙笼其上，若云兴霞蔚。

## 搭档在哪里

帮助左边的人物，找到他的搭档吧！

**将下列人物与其对应的称谓连起来。**

谢安　　　　　　　风流宰相

王羲之　　　　　　小圣

王献之　　　　　　书圣

王粲　　　　　　　七子之冠冕

## 谁是真正的影帝

拼音也会演戏，不信？你能瞧出来，下面哪个拼音拼错了吗？

下列拼音中，错误的一项是（　　）。

A. 儒 lú 家　　B. 辨 biàn 明

C. 后辈 bèi　　D. 责任 rèn

## 疯狂的成语

根据成语语义和故事提示，写出空格中的成语。

____ 步 ____ 诗：比喻敏捷的文才。

### 成语故事

曹操去世后，曹丕继位。曹丕唯恐曹植和他争位，便命令曹植在大殿之上走七步，然后以《兄弟》为题即兴吟诗一首，但诗中却不能出现"兄弟"二字，成则罢了，不成便要痛下杀手。曹植不假思索，脱口而出："煮豆持作羹，漉菽以为汁。萁在釜下然，豆在釜中泣。本自同根生，相煎何太急！"曹丕听了以后感到非常惭愧，没能下得了手，把曹植贬为安乡侯。

## 马甲掉了

**读拼音，填写空格中的词语。**

李元礼 fēng dù _____ 出众，pǐn xíng _____ 端正。

读书人，能够被李元礼 jiē nà _____ 在他门下的，都被称为 dēng lóng mén _____。

## 成语消消消

从词语盘中，挑选合适的词组成成语。试试看，你能写出多少个？

| 想 | 开 | 异 | 鸟 |
|---|---|---|---|
| 助 | 纷 | 香 | 语 |
| 彩 | 为 | 缤 | 乐 |
| 花 | 五 | 人 | 天 |

| 明 | 三 | 一 | 之 |
|---|---|---|---|
| 恒 | 神 | 落 | 反 |
| 以 | 持 | 料 | 光 |
| 磊 | 如 | 事 | 举 |

## 小小侦探

《世说新语》里面，藏着很多小秘密，根据文字线索，填出空格中丢失的答案吧！

《世说新语》是记叙逸闻趣事的_____的先驱，也是后来小品文的典范。

书中不少故事，成为后世戏曲小说的素材和诗文常用的典故，在中国文学史上具有重要地位，鲁迅先生称它为"_____"。

## 记忆大师

想一想，空格里丢失的句子长啥样？

飘如游云，_____。

木犹如此，_____。

管中窥豹，_____。

## 百变星君

词语拼音变变变！下面的变身魔法，你看穿了吗？

下列加点字读音相同的两项是（　　）。

A. 扇子　扇风

B. 屏气　屏风

C. 茶几　几乎

D. 对称　称心

## 马甲掉了

**读拼音，填写空格中的词语。**

陈遗在家里非常 xiào shùn _____。

每逢煮饭，他总是把 guō bā _____ 装起来，带回家给母亲吃。

## 疯狂的成语

根据成语语义和故事提示，写出空格中的成语。

A. ____兄____弟：指兄弟俩人的才德都很好，难分高下。

### 成语故事

陈太丘有两个儿子，老大叫陈元方，老二叫陈季方，都德行很好。一次，陈元方与陈季方的儿子谈论各自父亲的功德，都认为自己的父亲品德高尚，为此争论得不可开交，便去找祖父陈太丘来裁决。陈太丘说："元方难为兄，季方难为弟，他们兄弟二人实在是难分上下啊！"

B. _____情深：指对人或对事物有深厚的感情，十分向往留恋。

### 成语故事

桓伊对音乐十分精通，听到别人唱歌时按捺不住自己的激动，谢安夸奖道："你对音乐是真爱啊。"

## 抄一抄，so easy！

在方格中抄写下面的句子（做到字迹端正，准确无误）。

> 蒲柳之姿，望秋而落；松柏之质，经霜弥茂。

## 搭档在哪里

帮助左边的人物，找到他的搭档吧！

**将下列人物与其对应的诗文连起来。**

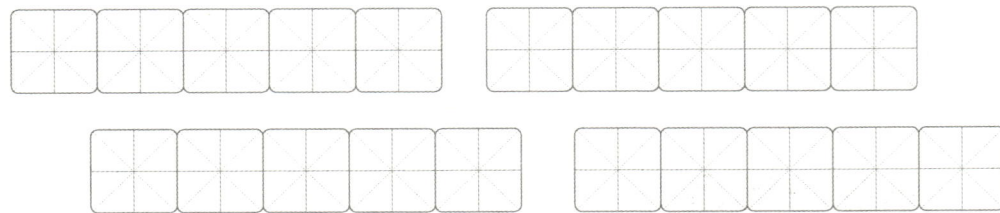

王羲之　　　　　对酒当歌，人生几何

曹操　　　　　　薄帷鉴明月，清风吹我襟

阮籍　　　　　　鞠躬尽瘁，死而后已

诸葛亮　　　　　快然自足，不知老之将至

## 百变星君

词语拼音变变变！下面的变身魔法，你看穿了吗？

下列加点字读音相同的一项是（　　）。

A. 音乐　快乐　　　　B. 知了　好了

C. 劲敌　干劲　　　　D. 弹弓　炸弹

## 谁是真正的影帝

拼音也会演戏,不信?你能瞧出来,下面哪个拼音拼错了吗?

下列拼音中,错误的一项是(　　)。

A. 窥伺 sì
B. 辅佐 zuǒ
C. 丞相 xiāng
D. 推荐 jiàn

## 马甲掉了

读拼音,填写空格中的词语。

孔融十岁时,跟随父亲 bài fǎng _____ 李元礼。

宾客都感到孔融 cōng huì _____ 过人,很不寻常。

## 疯狂的成语

根据成语语义和故事提示,写出空格中的成语。

_____:借喻得到文人的赏识。

### 成语故事

　　李元礼风度优雅,有才学,当时人称"天下楷模",后来文人以受到他接待为荣耀,把进入他的厅堂称作"登龙门"。

## 头脑王者

是时候展现你真正的实力了！选择填空太容易？那就来篇阅读理解练练手，你能成为头脑小达人吗？

### 杨氏之子

梁国杨氏子九岁，甚聪惠。孔君平诣其父，父不在，乃呼儿出。为设果，果有杨梅。孔指以示儿曰："此是君家果。"儿应声答曰："未闻孔雀是夫子家禽。"

**1. 解释文中加点词语的意思。**

惠：_____

诣：_____

乃：_____

设：_____

曰：_____

君：_____

未：_____

夫子：_____

**2. 翻译下列句子。**

未闻孔雀是夫子家禽。

_____

_____

### 3. 理解内文。

**梁国杨氏子九岁,甚聪惠。**

这句话点明了文章要讲的人物,以及人物的特点,起到了_____的作用。

**孔君平诣其父,父不在,乃呼儿出。**

从孔君平来拜见孩子的父亲一事不约时间来看,两家的关系_____,常来常往。

**为设果,果有杨梅。**

这句话可以看出孩子很有_____,懂得招待客人。

### 4. 你觉得杨氏子是个什么样的人?

___

___

《世说新语》篇幅短小,内容有趣,富含哲理,语言艺术可以总结为:_____。

## 记忆大师

想一想，空格里丢失的句子长啥样？

会心处，_____。

本是同根生，_____。

## 百变星君

词语拼音变变变！下面的变身魔法，你看穿了吗？

根据同一个部首，写出不同偏旁的字。

可　（　）刻　坎（　）　（　）流　（　）斥

下列加点字读音相同的一项是（　　）。

A. 雪茄　番茄　　B. 颤动　颤抖

C. 分散　散文　　D. 参差　参观

## 谁是真正的影帝

拼音也会演戏，不信？你能瞧出来，下面哪个拼音拼错了吗？

下列拼音中，错误的一项是（　　）。

A. 方便 biàn　　B. 恐吓 xià

C. 盗贼 zéi　　D. 答应 ying

## 马甲掉了

**读拼音，填写空格中的词语。**

孔融被逮捕，所有人都感到 jīng huāng _____。

孔融的两个儿子，照样玩着 yóu xì _____，完全没有害怕的神色。

## 疯狂的成语

根据成语语义和故事提示，写出空格中的成语。

_____：比喻高人雅士的风致。

### 成语故事

刘惔说："每逢风清月明，就不免思念许询。"

## 开心古诗词

开动脑筋，这么简单的古诗可难不倒我！

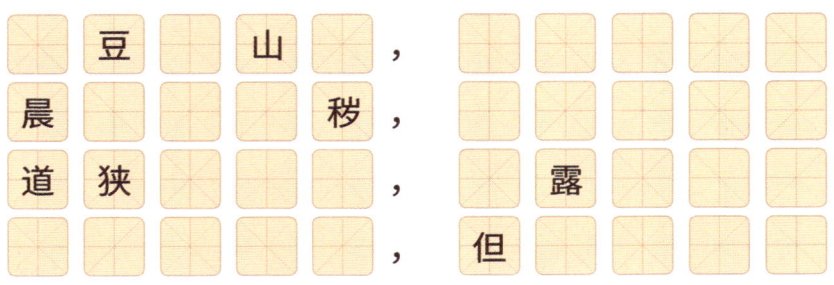

| | 豆 | | 山 | ， |
| 晨 | | | 秽 | ， |
| 道 | 狭 | | | ，露 |
| | | | 但 | |

| 下 | 草 | 盛 | 豆 | 苗 | 稀 | 种 | 南 | 无 | 违 | 长 | 夕 | 沾 | 衣 | 沾 | 不 |
| 兴 | 理 | 荒 | 带 | 月 | 荷 | 锄 | 归 | 草 | 木 | 我 | 衣 | 足 | 惜 | 使 | 愿 |

## 抄一抄，so easy!

在方格中抄写下面的句子（做到字迹端正，准确无误）。

> 人生贵得适意尔，何能羁宦数千里以要名爵！

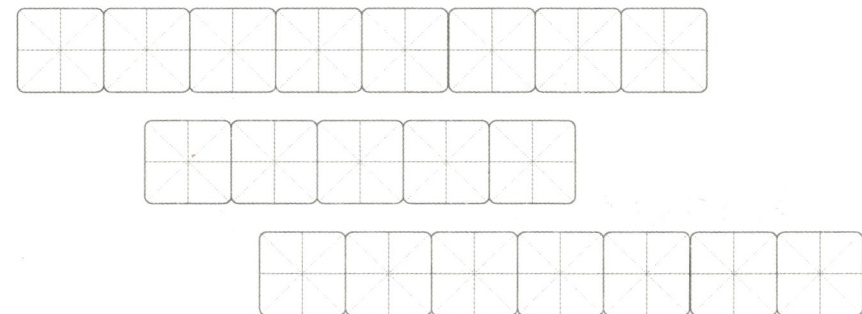

### 小小侦探

《世说新语》里面，藏着很多小秘密，根据文字线索，填出空格中丢失的答案吧！

《世说新语》的故事发生在东汉末年至魏晋时期。

东汉由_____建立，与它之前刘邦建立的西汉，合成_____。

东汉末年分_____，分别为曹操统治的_____、刘备统治的_____和孙权统治的_____。

曹魏灭了蜀国，司马氏篡夺曹魏政权，改国号为____，就是西晋王朝。

280年，西晋灭_____，统一全国。

西晋后期，发生_____，北方游牧民族趁机举兵，大量百姓与世族逃到南方，司马氏在南京建立东晋。

## 谁是真正的影帝

拼音也会演戏，不信？你能瞧出来，下面哪个拼音拼错了吗？

下列拼音中，错误的一项是（　　）。

A. 宴 yàn 请
B. 烤 kǎo 肉
C. 味 wèi 道
D. 背 bèi 负

## 马甲掉了

**读拼音，填写空格中的词语。**

天气 qíng lǎng _____ 的日子，南渡的士族就到新亭聚会。

大家都感伤地 liú lèi _____，只有丞相王导神色 yán sù _____。

## 疯狂的成语

根据成语语义和故事提示，写出空格中的成语。

_____：表示忧世忧国者的悲愤情绪和思念故国之感情。

### 成语故事

晋朝从北方逃到江南的有名人士，闲暇时到新亭喝酒聚会，对当时的国家局面感到悲伤，因而相对哭泣起来。

## 小小侦探

《世说新语》里面，藏着很多小秘密，根据文字线索，填出空格中丢失的答案吧！

东汉末年，曹操内兴文学，与曹丕、曹植父子称为＿＿＿＿，并招纳了大批贤士。

当时，＿＿＿＿、陈琳、阮瑀、徐幹、王粲、应玚和刘桢是文坛的北斗七星，史称＿＿＿＿＿＿。＿＿＿＿被誉为七子之冠冕。

建安文人的创作具有＿＿＿＿＿＿的风格。

## 百变星君

词语拼音变变变！下面的变身魔法，你看穿了吗？

根据同一个部首，写出不同偏旁的字。

田　（　）心　树（　）　（　）念　（　）惧

下列加点字读音相同的一项是（　　）。

A. 会议　会计
B. 恐吓　吓唬
C. 窥伺　伺候
D. 挨个　挨近

下列拼音中，错误的一项是（　　）。

A. 率 shuài 军
B. 沼 zhǎo 泽
C. 唯 wéi 独
D. 芝麻 má

## 谁是真正的影帝

拼音也会演戏，不信？你能瞧出来，下面哪个拼音拼错了吗？

下列拼音中，错误的一项是（　　）。

A. 惆怅 chàng　　B. 鼓掌 zhǎng

C. 分 fēn 外　　D. 感慨 kǎi

## 马甲掉了

读拼音，填写空格中的词语。

桓温看到自己以前种的 liǔ shù _____，已有十围。

桓温 kuì rán _____ 长叹，树都长成这样，人怎么不会老呢？

## 疯狂的成语

根据成语语义和故事提示，写出空格中的成语。

_____：比喻拾取人家的只言片语当作自己的话。

**成语故事**

韩康伯在他人面前夸夸其谈，虽然谈论时会赢得他人的赞扬，但完全是抄袭他人的只言片语。

## 头脑王者

是时候展现你真正的实力了!选择填空太容易?那就来篇阅读理解练练手,你能成为头脑小达人吗?

### 陈太丘与友期行

陈太丘与友期行,期日中。过中不至,太丘舍去,去后乃至。元方时年七岁,门外戏。客问元方:"尊君在不?"答曰:"待君久不至,已去。"友人便怒曰:"非人哉!与人期行,相委而去。"元方曰:"君与家君期日中。日中不至,则是无信;对子骂父,则是无礼。"友人惭,下车引之。元方入门不顾。

**1. 解释文中加点词语的意思。**

期:

去:

乃:

不:

委:

引:

顾:

**2. 翻译下列句子。**

过中不至,太丘舍去,去后乃至。

**3. 下列讲述，对正文理解有误的一项是（　　）。**

A. 陈太丘是一位不遵守约定的人。

B. 元方年纪虽小，却聪明机灵，懂礼识义。

C. "友人惭"说明友人知错能改。

D. 这个故事告诉我们做人要诚实守信，尊重他人。

## 抄一抄，so easy!

在方格中抄写下面的句子（做到字迹端正，准确无误）。

> 夜光之珠，不必出于孟津之河；
> 盈握之璧，不必采于昆仑之山。

## 记忆大师

想一想，空格里丢失的句子长啥样？

我与我周旋久，_____。

圣人忘情，最下不及情；_____，正在我辈。

## 小小侦探

《世说新语》里面，藏着很多小秘密，根据文字线索，填出空格中丢失的答案吧！

嵇康、阮籍、山涛、向秀、刘伶、王戎和阮咸七人，因常在竹林游玩，一起喝酒、弹琴、唱歌、讨论哲学，世称_____。

## 百变星君

词语拼音变变变！下面的变身魔法，你看穿了吗？

根据字音写出相同读音的字。

`chéng` （ ）功 （ ）池 （ ）现 （ ）担

下列加点字读音相同的一项是（ ）。

A. 的确  目的

B. 缝合  缝隙

C. 牌坊  染坊

D. 旗杆  栏杆

## 马甲掉了

读拼音，填写空格中的词语。

简文帝的华林园景致单纯，却产生翳然林木、鸟兽亲人的 `jǐng xiàng` _____。

简文帝的心灵，也在山水的 `huái bào` _____ 中得到 `zhì yù` _____。

## 疯狂的成语

根据成语语义和故事提示,写出空格中的成语。

_____:指跟朋友绝交。

### 成语故事

管宁和华歆曾同坐在一张垫席上读书,有乘坐官车的显赫人物由门外经过,管宁读书依旧,华歆则丢开书本出去观看。管宁于是割断垫席,分开座位,对华歆说:"您不是我志趣相投的朋友。"

## 成语接龙

这么长的成语贪吃蛇,你能一口气吃到最后吗?

一 叶 障 瞪 口 若 木 鸣 狗
扬 光 义 灭 如 手 亦 有
一 兵 游 食 听
钧 雾 勇 足 途
万 消
象 凌 志 马 强
宝 光 戏 龙 不 一

**小小侦探**

《世说新语》里面，藏着很多小秘密，根据文字线索，填出空格中丢失的答案吧！

魏晋时期社会动乱，文人士大夫受到政治迫害，为了躲避残酷的社会现实，转而信仰_____。

他们在玄学和佛学的融合下，探索一种无为、自然的政治生存模式，开启了_____之风。

**百变星君**

词语拼音变变变！下面的变身魔法，你看穿了吗？

根据同一个部首，写出不同偏旁的字。

青　（　）洁　（　）求　（　）神　（　）蜓

下列加点字读音相同的一项是（　　）。

A. 处分　处理　　　B. 阿姨　阿附
C. 单薄　稀薄　　　D. 拗口　执拗

下列拼音中，错误的一项是（　　）。

A. 悲 bēi 伤　B. 合理 lǐ　C. 弹劾 hé　D. 揭露 lòu

## 马甲掉了

**读拼音，填写空格中的词语。**

人随着年岁渐长，会对人生的喜怒哀乐有比较深切的 tǐ yàn _____。

会真正认识到生命的 jià zhí _____，更加看中 péng yǒu _____ 和亲情。

## 疯狂的成语

根据成语语义和故事提示，写出空格中的成语。

_____：用以形容峰峦与山谷极多。

_____：像云霞升腾聚集起来，形容景物灿烂绚丽。

### 成语故事

顾恺之从会稽回来，有人问他那里的风景怎么样，顾恺之回答："千岩竞秀，万壑争流，草木蒙笼其上，若云兴霞蔚。"

## 记忆大师

想一想，空格里丢失的句子长啥样？

云中白鹤，_____。

_____，不作萧敷艾荣。

## 百变星君

词语拼音变变变！下面的变身魔法，你看穿了吗？

根据同一个部首，写出不同偏旁的字。

皮 （ ）浪 （ ）璃 山（ ） （ ）劳

根据同一个字音，写出不同形体的字。

zào （ ）成 （ ）音 急（ ） 肥（ ）

## 谁是真正的影帝

拼音也会演戏，不信？你能瞧出来，下面哪个拼音演错了吗？

下列拼音中，错误的一项是（ ）。

A. 聪 cōng 明
B. 湖泊 bó
C. 杨梅 méi
D. 孔雀 què

## 马甲掉了

读拼音，填写空格中的词语。

谢安看完捷报，yī jiù _____ 不动声色地 xià qí _____。

直到客人 gào cí _____ 后，谢安才抑制不住心头的 xǐ yuè _____。

# 疯狂的成语

根据成语语义和故事提示，写出空格中的成语。

_____：座位还没有坐热就走了，形容很忙。

### 成语故事

陈蕃任豫章太守时，听说当地有贤才，还没安顿好就去拜访，表示要向周武王席子还没坐热就起来见贤人的态度学习。

_____：形容男子风姿挺秀，酒后醉倒的风采。

### 成语故事

嵇康身高七尺八寸，风度姿态秀美出众。山涛评论他说："嵇康的为人，像挺拔的孤松傲然独立；他的醉态，像高大的玉山快要倾倒。"

_____：比喻有出息的子弟。

### 成语故事

谢太傅问子侄们："你们不需要过问政事，为什么要培养成为优秀的子弟？"大家都不说话，只有谢玄回答说："这就好比芝兰玉树，总想使它们生长在自家的庭院中啊！"

**头脑王者** 是时候展现你真正的实力了!选择填空太容易?那就来篇阅读理解练练手,你能成为头脑小达人吗?

## 咏 雪

谢太傅寒雪日内集,与儿女讲论文义。俄而雪骤,公欣然曰:"白雪纷纷何所似?"兄子胡儿曰:"撒盐空中差可拟。"兄女曰:"未若柳絮因风起。"公大笑乐。即公大兄无奕女,左将军王凝之妻也。

**1. 解释文中加点词语的意思。**

内集：_____

儿女：_____

文义：_____

俄而：_____

骤：_____

何所似：_____

因：_____

**2. 翻译下列句子。**

撒盐空中差可拟。

_____

未若柳絮因风起。

_____

**3. 下列讲述，对正文理解有误的一项是（　　）。**

　　A. 开头一句话短短十五字，却涵盖了事件发生的时间、环境、人物及主体事件等。

　　B. 谢道韫的比喻，想象丰富，体现其出众的才华。

　　C. 文中"内集""欣然""大笑"等词语，营造出谢家融洽、和睦的氛围。

　　D. 文章最后，谢太傅直接表明谢道韫的比喻更好。

**4. 用"撒盐空中"和"柳絮因风起"来比拟"白雪纷纷"，你认为哪个更好？为什么？**

## 小小侦探

《世说新语》里面，藏着很多小秘密，根据文字线索，填出空格中丢失的答案吧！

西晋灭亡，黄河流域的汉人为了躲避胡人的祸害，举家迁徙到长江流域，因迁徙者大多为士族（古代士以上戴冠），故史称＿＿＿＿＿＿。

## 百变星君

词语拼音变变变！下面的变身魔法，你看穿了吗？

根据同一个部首，写出不同偏旁的字。

各　严（　）　（　）楼　道（　）　（　）膊

下列加点字读音相同的一项是（　　）。

A. 奔跑　投奔
B. 躲藏　矿藏
C. 扁担　扁舟
D. 复辟　开辟

## 马甲掉了

读拼音，填写空格中的词语。

会稽景色 yōu měi ＿＿＿＿，shān fēng ＿＿＿＿俊秀，cǎo mù ＿＿＿＿茂盛。

## 疯狂的成语

根据成语语义和故事提示,写出空格中的成语。

_____:旧时用来谦称自己身体衰弱或地位低下。现在多数是女子自谦使用。

### 成语故事

顾悦和简文帝同龄,而头发很早就白了。简文帝问他为什么头发白得早,顾悦回答:"我是蒲柳一样的资质,秋天叶子就掉落了;您如松柏一般,经受了霜反而更加茂盛。"

## 搭档在哪里

帮助左边的人物,找到他的搭档吧!

**将下列人物与其对应的事件连起来。**

| | |
|---|---|
| 张翰 | 莼鲈之思 |
| 左思 | 唾壶敲缺 |
| 王敦 | 掷果盈车 |
| 潘岳 | 洛阳纸贵 |

## 小小侦探

《世说新语》里面，藏着很多小秘密，根据文字线索，填出空格中丢失的答案吧！

吾本乘兴而行，_____，何必见戴！

嵇叔夜之为人也，岩岩若孤松之独立；其醉也，傀俄若_____。

## 百变星君

词语拼音变变变！下面的变身魔法，你看穿了吗？

根据同一个字音，写出不同形体的字。

Lì （　）害　（　）志　美（　）　（　）枝

下列拼音中，错误的一项是（　　）。

A. 绚 xùn 烂　B. 基础 chǔ　C. 陷阱 jǐng　D. 池塘 táng

## 马甲掉了

读拼音，填写空格中的词语。

王夷甫的妻子郭氏很 tān lán _____。

年轻人就像 zǎo chén _____ 初升的 yáng guāng _____，越来越明亮。

王戎七岁的时候,和许多小孩一起嬉戏 wán shuǎ _____。

许多孩子都争相 pǎo _____ 过去 zhāi _____ 李子,只有王戎没有动。

### 疯狂的成语

根据成语语义和故事提示,写出空格中的成语。

_____:比喻一个人的才能或仪表在一群人里头显得很突出。

**成语故事**

嵇康的儿子嵇绍刚到洛阳,有人对王戎说:"我昨天在人群中看到了嵇绍,那英姿飒爽的样子就像一只仙鹤站立在鸡群里一样。"

_____:形容文思敏捷,文章写得快。

**成语故事**

桓温率师出征,急需写一份公文告示,袁虎靠着即将出征的战马写稿,一气呵成。

**头脑王者** 是时候展现你真正的实力了！选择填空太容易？那就来篇阅读理解练练手，你能成为头脑小达人吗？

## 管宁割席

管宁、华歆共园中锄菜，见地有片金，管挥锄与瓦石不异，华捉而掷去之。又尝同席读书，有乘轩冕（miǎn）过门者，宁读如故，歆废书出看。宁割席分坐，曰："子非吾友也！"

**1. 解释文中加点词语的意思。**

捉：_____

掷：_____

尝：_____

故：_____

废：_____

子：_____

**2. 翻译下列句子。**

管挥锄与瓦石不异。

_____

宁读如故，歆废书出看。

_____

3. 下列讲述，对正文理解有误的一项是（　　）。

A. 看见地上有金子，管宁没有理睬，华歆却捡回家了。

B. 管宁通过割席的举动，表明和华歆绝交。

C. 华歆是一个容易被名利诱惑的人。

D. 管宁是一个爱憎分明的人。

4. 管宁为什么说华歆不是自己的朋友？

_____

5. 如果是你，你会选择和华歆做朋友吗，为什么？

_____

_____

_____

### 疯狂的成语

根据成语语义和故事提示，写出空格中的成语。

_____：比喻整体覆灭，个体不能幸免。

**成语故事**

孔融被拘捕时，全家人都很恐慌。只有孔融八九岁的儿子没有一点儿惊惧的神色，他从容地说："您难道见过捣翻了的鸟窝中还有完整的鸟蛋吗？"随后，孔融的儿子也一起被收监了。

## 小小侦探

《世说新语》里面，藏着很多小秘密，根据文字线索，填出空格中丢失的答案吧！

公元383年，谢安带领谢石、谢玄等谢氏家族的后辈，在东晋生死存亡之际，仅以八万军力大胜号称八十余万的前秦军，这场中国历史上著名的以少胜多的战役是＿＿＿＿＿＿。

吾虽不杀伯仁，＿＿＿＿＿＿。幽冥之中，负此良友。

吉人之辞寡，＿＿＿＿＿＿。

## 百变星君

词语拼音变变变！下面的变身魔法，你看穿了吗？

下列加点字读音相同的一项是（　　）。

A. 横行　纵横　　B. 禅师　禅让

C. 场合　场院　　D. 创造　创伤

下列拼音中，错误的一项是（　　）。

A. 松柏 bó　B. 茂 mào 盛　C. 秋霜 shuāng　D. 青翠 cuì

## 马甲掉了

**读拼音,填写空格中的词语。**

一次夜里下 dà xuě _____,王徽之从睡梦中醒来,起身 pái huái _____。

王徽之突然 xiǎng niàn _____ 好友,即刻连夜乘小船 qián wǎng _____。

## 疯狂的成语

根据成语语义和故事提示,写出空格中的成语。

_____:比喻境况逐渐好转或兴趣逐渐浓厚。

### 成语故事

顾恺之吃甘蔗,从不甜的上端开始吃,别人问为什么,顾恺之回答,这样越吃越甜。

_____:表现思念、怀旧,亦为慨叹仕途险恶、人生无常。

### 成语故事

平原内史陆机河桥兵败后,被卢志谗言陷害,最后被杀。临刑时叹息说:"想听一听华亭的鹤鸣,还能听得到吗!"

## 小小侦探

《世说新语》里面，藏着很多小秘密，根据文字线索，填出空格中丢失的答案吧！

唐代诗人刘禹锡的诗《乌衣巷》中"旧时王谢堂前燕，飞入寻常百姓家"，"王谢"是指_____和_____，在魏晋南北朝，是势力最为强大的家族。

## 百变星君

词语拼音变变变！下面的变身魔法，你看穿了吗？

下列拼音中，错误的一项是（　　）。
A. 翅膀 bǎng　　B. 风雅 yǎ　　C. 沮 zǔ 丧　　D. 翱 áo 翔

下列拼音中，错误的一项是（　　）。
A. 哭泣 qì　　B. 惭 jiàn 愧　　C. 过滤 lù　　D. 煎熬 áo

## 马甲掉了

读拼音，填写空格中的词语。

张季鹰看到秋风吹起，想起 gù xiāng _____ 的鲈鱼脍。

郗超不只具备慧眼看人的 gōng fu _____，更具有 kuān róng _____ 的气度。

# 疯狂的成语

根据成语语义和故事提示，写出空格中的成语。

_____：比喻对知己、亲友去世的悼念之情。

### 成语故事

王献之去世，徽之拿他的琴来弹，弹了几次都弹不成曲调，举琴向地上掷去，悲痛得几乎要昏过去了。

_____：形容男女间非常亲昵。

### 成语故事

王戎之妻常以"卿"称呼王戎，王戎说这在礼数上是不尊敬，让妻子不要再这样叫，妻子却道："亲卿爱卿，是以卿卿。我不卿卿，谁当卿卿！"

_____：比喻德才修养锻炼十分到家。

### 成语故事

袁宏写《东征赋》时，没提到陶侃。陶侃的儿子陶范就把他骗到一个小屋子里，拔刀威胁他说："先父的功勋业绩这么大，您写《东征赋》，为什么忽略了他？"袁宏窘迫又着急，便回答："我大大称赞了陶公，怎么能说没有提呢？"于是就朗诵道："经过千锤百炼的金属精美锐利，能切割亦能切断任何物品。陶公的功德是安定人心，平定叛乱。长沙郡陶公的功勋，为史家所赞颂。"

### 小小侦探

《世说新语》里面，藏着很多小秘密，根据文字线索，填出空格中丢失的答案吧！

古代的文人雅士经常聚在一起诗酒唱和、游艺娱乐，称为_____。魏晋时期，较为著名的雅集要数石崇的金谷园雅集和王羲之的_____。王羲之写下名满天下的_____。

### 记忆大师

想一想，空格里丢失的句子长啥样？

以小人之心，_____。

林无静树，_____。

### 百变星君

词语拼音变变变！下面的变身魔法，你看穿了吗？

下列加点字读音相同的一项是（　　）。

A. 方便　便宜  
B. 剥削　剥皮  
C. 萝卜　占卜  
D. 阔绰　绰约

下列拼音中，错误的一项是（　　）。

A. 琅琊 xié  
B. 巅 diān 峰  
C. 搀 chān 扶  
D. 声望 wàng

## 马甲掉了

**读拼音，填写空格中的词语。**

谢安性情 `tián dàn` _____，`cái xué` _____ 很高。

朝廷多次派人请谢安出山，都被他 `jù jué` _____。

做人要学会 `xīn shǎng` _____ 别人的优点，`tǎn chéng` _____ 自己的缺点。

但也不 `wàng zì fěi bó` _____，看到自己优秀的地方。

## 疯狂的成语

根据成语语义和故事提示，写出空格中的成语。

_____：比喻人的品格高洁。

**成语故事**

卫玠翁婿俩的操行像冰一样晶莹，如玉一般润泽。

_____：提出新奇的主张，表示与一般不同。

**成语故事**

东晋高僧支道林讨论庄子的《逍遥游》，总是能提出和别人不同的见解。因为他饱读诗书，通晓诸子百家之言，这可以说是他创新的基础。

## 头脑王者

是时候展现你真正的实力了！选择填空太容易？那就来篇阅读理解练练手，你能成为头脑小达人吗？

### 乘船避难

华歆、王朗俱乘船避难，有一人欲依附，歆辄难之。朗曰："幸尚宽，何为不可？"后贼追至，王欲舍所携人。歆曰："本所以疑，正为此耳。既以纳其自托，宁可以急相弃邪？"遂携拯如初。世以此定华、王之优劣。

**1. 解释文中加点词语的意思。**

俱：_____

依附：_____

辄：_____

纳：_____

托：_____

宁：_____

邪：_____

拯：_____

**2. 翻译下列句子。**

本所以疑，正为此耳。

既以纳其自托，宁可以急相弃邪？

**3. 下列讲述，对正文理解有误的一项是（　　）。**

**A.** 本文中可以看出危难之时见人心的道理。

**B.** 华歆一开始不愿接纳避难的人，说明他不是一个善良的人。

**C.** 王朗表面上大方，一旦与自己利益发生矛盾，就露出了自私的本性。

**D.** 华歆一诺千金，不轻易承诺，一旦承诺就一定要遵守。

## 成语接龙

这么长的成语贪吃蛇，你能一口气吃到最后吗？

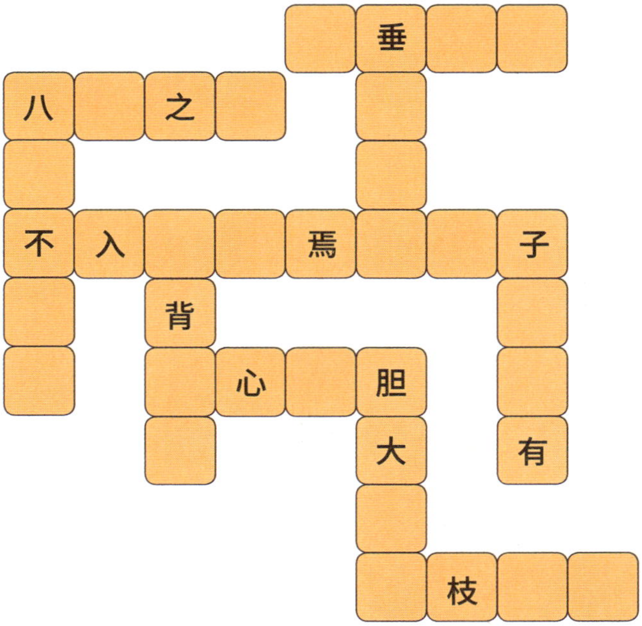

**小小侦探**

《世说新语》里面,藏着很多小秘密,根据文字线索,填出空格中丢失的答案吧!

　　古代为表示对人的尊敬,常不直呼人名,而是用官名、地名、字、号、谥号等称之。例如,谢太傅、陈太丘、王右军中,太傅、太丘、右军都是_____。

**百变星君**

词语拼音变变变!下面的变身魔法,你看穿了吗?

根据同一个部首,写出不同偏旁的字。

也　其（　）　（　）塘　（　）骋　松（　）

下列加点字读音相同的一项是（　　）。

A. 堤防　提高
B. 倒戈　倒退
C. 报答　搭理
D. 理发　结发

下列拼音中,错误的一项是（　　）。

A. 辞藻 zǎo
B. 负荷 hé
C. 挺拔 bá
D. 寄 jì 托

## 马甲掉了

**读拼音，填写空格中的词语。**

有德之人话少，心情 fú zào _____ 的人话多。

木桃、梨、橘、柚，各有各的 měi wèi _____ 。

## 疯狂的成语

根据成语语义和故事提示，写出空格中的成语。

_____：说明人不能因为少年时聪明而断定他日后定有作为，指不能只看到事物或人的表面现象。

### 成语故事

孔融十岁时，就展现出惊人的才华。陈韪说："小时候聪明伶俐，长大后未必很好。"孔融回怼："想来您小的时候，一定聪明伶俐。"

_____：失势之后重新恢复地位。

### 成语故事

谢安辞官隐居东山，朝廷几次封官他都不肯就任。四十岁时出仕，在淝水之战中建立功绩，后官至宰相。

**头脑王者** 是时候展现你真正的实力了!选择填空太容易?那就来篇阅读理解练练手,你能成为头脑小达人吗?

### 荀巨伯远看友人疾

荀巨伯远看友人疾,值胡贼攻郡,友人语巨伯曰:"吾今死矣,子可去。"巨伯曰:"远来相视,子令吾去,败义以求生,岂荀巨伯所行邪?"贼既至,谓巨伯曰:"大军至,一郡尽空,汝何男子,而敢独止?"巨伯曰:"友人有疾,不忍委之,宁以我身代友人命。"贼相谓曰:"我辈无义之人,而入有义之国。"遂班军而还,一郡并获全。

**1. 解释文中加点词语的意思。**

疾:

值:

语:

去:

既:

止:

遂:

班:

## 2. 翻译下列句子。

败义以求生，岂荀巨伯所行邪？

———————————————

我辈无义之人，而入有义之国。

———————————————

## 3. 下列讲述，对正文理解有误的一项是（　　）。

A. 文章不仅正面写荀巨伯的义，还通过贼寇侧面烘托。

B. 荀巨伯的精神最后感动了贼寇，保全了全县。

C. 荀巨伯没有离开，是因为贼寇入侵太快，没来得及走。

D. 这个故事告诉我们，不背叛仁义与道德，能获得他人的赏识与尊重。

## 搭档在哪里

帮助左边的人物，找到他的搭档吧！

**将下列人物与其相关的作品连起来。**

顾恺之　　　　　《洛神赋》

曹植　　　　　　《洛神赋图》

郑玄　　　　　　《毛诗笺》

嵇康　　　　　　《广陵散》

### 小小侦探

《世说新语》里面，藏着很多小秘密，根据文字线索，填出空格中丢失的答案吧！

东汉＿＿＿＿改进造纸术，虽然纸张得到推广，但竹简书写历史悠久，一时难以改变。＿＿＿＿登位后，规定用纸代替竹简，使得纸张不仅在民间广泛流通，也成为官方文件的载体。

古时的铜钱中间常有一个方形的孔洞，于是人们就把钱币既尊敬又玩笑地称为＿＿＿＿＿。为了方便携带，人们常用绳索将这些笨重的铜钱盘起来，缠绕腰间，于是就有了＿＿＿＿＿和＿＿＿＿＿的说法。

### 百变星君

词语拼音变变变！下面的变身魔法，你看穿了吗？

下列拼音中，错误的一项是（　　）。

A. 检 jiǎn 查　　B. 沸 fèi 腾　　C. 奢侈 chí　　D. 苑囿 yòu

### 马甲掉了

读拼音，填写空格中的词语。

周处听说乡亲互相 qìng hè ＿＿＿＿，才知道自己是人们所 tòng hèn ＿＿＿＿的人。

周处于是改正 cuò wù ＿＿＿＿，nǔ lì ＿＿＿＿奋勉。

## 答案：

**P1**
**小小侦探：**
刘义庆 志人小说 36 东汉后期 魏晋 魏晋风度
**记忆大师：** 不见长安 大未必佳
**百变星君：** 监 煎 间 肩，泡 跑 炮 抱
**P2**
**谁是真正的影帝：** D
**马甲掉了：** 准则 规范 国家 志向
**疯狂的成语：** 望梅止渴
**P3**
**搭档在哪里：** 谢安→风流宰相
王羲之→书圣
王献之→小圣
王粲→七子之冠冕
**P4**
**谁是真正的影帝：** A
**疯狂的成语：** 七步成诗
**P5**
**马甲掉了：** 风度 品行 接纳 登龙门
**成语消消消：** 异想天开，助人为乐，
五彩缤纷，鸟语花香
举一反三，料事如神，
光明磊落，持之以恒
**P6**
**小小侦探：** 笔记小说 一部名士的教科书
**记忆大师：** 矫若惊龙 人何以堪 时见一斑
**百变星君：** CD
**P7**
**马甲掉了：** 孝顺 锅巴
**疯狂的成语：** 难兄难弟 一往情深
**P8**
**搭档在哪里：**
王羲之→快然自足，不知老之将至
曹操→对酒当歌，人生几何
阮籍→薄帷鉴明月，清风吹我襟
诸葛亮→鞠躬尽瘁，死而后已
**百变星君：** D
**P9**
**谁是真正的影帝：** C
**马甲掉了：** 拜访 聪慧
**疯狂的成语：** 登龙门
**P10**
1. 惠：惠同"慧"。
   诣：拜访。
   乃：于是。
   设：摆放，摆设。
   曰：说。
   君：你，古时对对方的尊称。
   未：没有。
   夫子：旧时对男子的尊称。
2. 没听说过孔雀是先生您家的鸟。
**P11**
3. 总起全文，很好，礼貌
4. 杨氏子是个礼貌、机智、能言善辩的人。
   记言则玄远冷隽，记行则高简瑰奇。

**P12**
**记忆大师：** 不必在远，相煎何太急
**百变星君：** 苛 坷 河 呵，B
**谁是真正的影帝：** B
**P13**
**马甲掉了：** 惊慌 游戏
**疯狂的成语：** 清风朗月
**开心古诗词：** 种豆南山下，草盛豆苗稀。
晨兴理荒秽，带月荷锄归。
道狭草木长，夕露沾我衣。
衣沾不足惜，但使愿无违。
**P14**
**小小侦探：**
刘秀 汉朝 三国 魏国 蜀国 吴国 晋 东吴 八王之乱
**P15**
**谁是真正的影帝：** D
**马甲掉了：** 晴朗 流泪 严肃
**疯狂的成语：** 新亭对泣
**P16**
**小小侦探：** 三曹 孔融 建安七子 王粲 慷慨悲凉
**百变星君：** 细 苗 思 畏，D，D
**P17**
**谁是真正的影帝：** C
**马甲掉了：** 柳树 喟然
**疯狂的成语：** 拾人牙慧
**P18**
1. 期：约定。
   去：离开。
   乃：才。
   不：通假字，同"否"。
   委：舍弃。
   引：拉。
   顾：回头看。
2. 过了正午（朋友）没到，太丘就丢下（他）离开了，（太丘）离开后（朋友）才来到。
**P19**
3. A
**记忆大师：** 宁作我 情之所钟
**P20**
**小小侦探：** 竹林七贤
**百变星君：** 成 城 呈 承，D
**马甲掉了：** 景象 怀抱 治愈
**P21**
**疯狂的成语：** 割席断交
**成语接龙：** 目→呆→鸡→盗→道→说→二→珠→气
→千→发→大→亲→足→兵→壮→云→散
**P22**
**小小侦探：** 老庄思想 清谈
**百变星君：** 清 请 精 蜻，AC，D
**P23**
**马甲掉了：** 体验 价值 朋友
**疯狂的成语：** 千岩万壑 云兴霞蔚
**记忆大师：** 非燕雀之网所能罗也
宁为兰摧玉折
**P24**
**百变星君：** 波 玻 坡 疲，造 噪 躁 皂

47

**谁是真正的影帝：** B
**马甲掉了：** 依旧 下棋 告辞 喜悦
P25
**疯狂的成语：** 席不暇暖 玉山将崩 芝兰玉树
P26
1. 内集：把家人聚集在一起。
   儿女：子女，泛指小辈。
   文义：文章的义理。
   俄而：不久，一会儿。
   骤：急。
   何所似：像什么。
   因：凭借。
2. 在空中撒盐大体可以相比。
   不如说像柳絮乘风飞起。
P27
3. D
4.（1）"撒盐"一喻好，雪的颜色和下落之态都跟盐比较接近；而柳絮呈灰白色，在风中往往上扬，甚至飞得很高很远，跟雪的飘舞方式不同。
（2）"柳絮"一喻好，它给人以春天即将到来的感觉，有深刻的意蕴。而且两者都是轻飘飘的，呈团状，这一点极相似。
P28
**小小侦探：** 衣冠南渡
**百变星君：** 格 阁 路 胳，B
**马甲掉了：** 优美 山峰 草木
P29
**疯狂的成语：** 蒲柳之姿
**搭档在哪里：** 张翰→莼鲈之思
　　　　　　　左思→洛阳纸贵
　　　　　　　王敦→唾壶敲缺
　　　　　　　潘岳→掷果盈车
P30
**小小侦探：** 兴尽而返 玉山之将崩
**百变星君：** 厉 励 丽 荔，A
**马甲掉了：** 贪婪 早晨 阳光
P31
玩耍 跑 摘
**疯狂的成语：** 鹤立鸡群 倚马可待
P32
1. 捉：握，拿起。
   掷：扔掉，抛弃。
   尝：曾经。
   故：原来。
   废：丢下，放下。
   子：你。
2. 管宁依旧挥动着锄头，像看到瓦片石头一样没有区别。
   管宁照样读书，华歆却扔下书本跑出去看。
P33
3. A
4. 管宁看出了华歆和自己的志趣不同。
5. 开放性答案
**疯狂的成语：** 覆巢无完卵
P34
**小小侦探：** 淝水之战 伯仁由我而死 躁人之辞多
**百变星君：** A，A
P35
**马甲掉了：** 大雪 徘徊 想念 前往

**疯狂的成语：** 渐入佳境 鹤唳华亭
P36
**小小侦探：** 琅琊王氏 陈郡谢氏
**百变星君：** C，B
**马甲掉了：** 故乡 功夫 宽容
P37
**疯狂的成语：** 人琴俱亡 卿卿我我 精金百炼
P38
**小小侦探：** 雅集 兰亭雅集 《兰亭集序》
**记忆大师：** 度君子之腹，川无停流
**百变星君：** D，A
P39
**马甲掉了：** 恬淡 才学 拒绝 欣赏 坦诚 妄自菲薄
**疯狂的成语：** 冰清玉润，标新立异
P40
1. 俱：一同，一起。
   依附：跟从。
   辄：就。
   纳：接纳，接受。
   托：请托，请求。
   宁：难道。
   邪：yé，通假字。相当于"吗"，表示疑问。
   拯：救助。
2. 起先之所以犹豫不决，正是因为考虑了这种情况。
P41
   既然已经接纳你，难道可以因为情况紧急就抛弃他吗？
3. B
**成语接龙：** 八拜之交 八九不离十 不入虎穴 焉得虎子 虎背熊腰 熊心豹胆 胆大心细 细枝末节 名垂千古 垂手可得 子虚乌有
P42
**小小侦探：** 官职名
**百变星君：** 他 池 驰 弛，D，B
P43
**马甲掉了：** 浮躁，美味
**疯狂的成语：** 小时了了，大未必佳 东山再起
P44
1. 疾：病。
   值：恰逢，赶上。
   语：对……说，告诉。
   去：离开。
   既：已经。
   止：留。
   遂：于是。
   班：撤回。
P45
2. 败坏道义而求取生存，这难道是我荀巨伯做的事吗？
   我们这些不懂道义的人，却侵入了这么有仁义的地方！
3. C
**搭档在哪里：** 顾恺之→《洛神赋图》，曹植→《洛神赋》，
　　　　　　　郑玄→《毛诗笺》，嵇康→《广陵散》
P46
**小小侦探：** 蔡伦 桓玄 孔方兄 盘缠 腰缠万贯
**百变星君：** C
**马甲掉了：** 庆贺 痛恨 错误 努力